リトルバスターズ！エクスタシー
Little Busters-EX

僕らの学園祭戦争

村田治

原作 VisualArt's / Key
原案・挿画 ひづき夜宵

この本に収録された作品は全て、Ｋｅｙ制作のアドベンチャーゲーム“リトルバスターズ！エクスタシー”をベースに、それぞれの作者が自由な発想、解釈を加え構成したものです。
“リトルバスターズ！エクスタシー”の作品内容に関する公式見解を提示するものではありません。

リトルバスターズ! エクスタシー
Little Busters-EX
僕らの学園祭戦争

村田治

原作 VisualArt's / Key
原案・挿画 ひづき夜宵

女子ソフトボール部
メイドカフェ
きてね!

キャラクター紹介
猫を統べるネコ
棗 鈴
NATSUME RIN
ラスボス
来ヶ谷 唯湖
KURUGAYA YUIKO
憎めない女王猫
笹瀬川 佐々美
SASASEGAWA SASAMI
デレそこねたツン
二木 佳奈多
FUTAKI KANATA
聖域なき雑食家
西園 美魚
NISHIZONO MIO
凡人という名の特権
直枝 理樹
NAOE RIKI
えきぞちっくわふー
能美クドリャフカ
NOUMI KUDRYAVKA
はるちん！はるちん！
三枝 葉留佳
SAIGUSA HARUKA
すごうでのすばい
朱鷺戸 沙耶
TOKIDO SAYA
みんなのアニキ
棗 恭介
NATSUME KYOUSUKE
筋肉革命
井ノ原 真人
INOHARA MASATO
剣も極めたバカ
宮沢 謙吾
MIYAZAWA KENGO
お菓子担当
神北小毬
KAMIKITA KOMARI
※一部ふてきせつな紹介文がございますこと、あらかじめごりょうしょうください (^^;)

目次

序章

ああ、結局はこうなるのだな、と思った。

なかば予想できていたことではあったけど……。

「今度こそ格の違いを見せつけて差し上げますわ、棗鈴《なつめりん》！」

僕たちは、秋風が吹くグラウンドに立っていた。

ツインテールを揺らし、ズビシ！　という効果音が本当に聞こえてきそうな勢いで、目の前にいる小柄なポニーテール少女を指さす笹瀬川《ささせがわ》さん。対するそのポニーテール少女――鈴は特に表情も変えずに答える。

「さささささささみ、お前は――」

「笹瀬川佐々美《ささみ》、ですわ！」

あ、さっき鈴が言ったの、笹瀬川さんの名前だったんだ。笹瀬川さんがツッコんでくれなかったら、分からなかった。

「あなた、もうわたくしの本名を言うことを諦《あきら》めてるでしょう⁉」

「そんなことはない」

そう言う鈴だけど、きっと笹瀬川さんの予想が正解だと思う。

「あー、もう！　と、に、か、く、勝負ですわ！」

笹瀬川さんは苛立《いらだ》たしげに、ガシガシと髪を掻《か》き上げる。

グラウンドでのツインテールとポニーテールの対立。それはまるで、二匹の猫のケンカだった。

そのきっかけを説明するためには、数時間ほど時間をさかのぼる必要がある……。

＊　＊　＊

「大っピンチなのです！」

昼休みも終わりに近づいてきた頃、教室に飛び込んできたのはクドだった。

「大大大っピンチなので――」

しかしその言葉は、クドが僕の目の前まで到着したところで、ピタリと止まった。

「何をやってるですか、リキ、井ノ原《いのはら》さん？」

今の僕と真人《まさと》の姿を見れば、クドが怪訝《けげん》そうな顔をするのも当然だと思う。真人は教室の床にこれでもかというほど見事なブリッジを極《き》め、しかしそのブリッジを支えているのは『手と足』ではなく『頭と足』。そして僕はそんな真人の腹の上に腰を下ろしている。

僕は苦笑いを浮かべながら、クドに現状を説明する。

「真人が首の筋トレをするから、手伝ってって言われてさ」

普通に考えて、教室でこんな光景があったら『エクソシストが必要か』と考えてしまいそうだ。ただ、やっているのが真人なだけに、他の生徒はこの異常を完全にスルーしている。

真人という人間の存在がこのクラスに認められているってことなんだろうけど、はたしてこれはいいことなんだろうか。

「おう、クー公か……どうしたん……だ……」

首が曲がってるから、真人の声がやたらと低い。しかも僕の足元近くから響いてくるせいで、まるで地の底から蘇《よみがえ》ってくる悪霊か何かみたいだ。はっきり言ってすごく気持ち悪い。

「よし……そろそろ起きる……ぐあっ⁉　く、首がああ折れたああああっ⁉」

「ま、真人⁉」

真人の首が変な方向に曲がっている。

──というか、この鍛《きた》え方はどう考えても間違っていると思う。

「り、理樹《りき》……俺は、もうダメだ。俺が死んだら……この筋肉を、形見としてもらってくれ……」

「いらないよ！」

「即答かよ⁉　これ以外に、俺がお前に遺《のこ》せるものはねえのに……。頼む、理樹！　俺の筋肉をもらってくれぇっ！」

「うわっ⁉」

ガバリと、ホラー映画のモンスター顔負けの唐突さで立ち上がり、真人が肩を掴《つか》んでくる。

かなり本気で恐かった。思わず真人を突き飛ばしそうになる。が──。

それより早く、背後からのハイキックが真人の首を見事に捉えていた。

潰《つぶ》れたカエルのような呻《うめ》き声を上げて、真人が再び床に転がる。

「うっさい、キショい、わけわからん」

倒れた真人の背後──そこに立っていたのはポニーテールが特徴の幼なじみ、鈴だった。

「とりあえず、悪は滅びたぞ」

ちりん、と髪飾りの鈴《すず》の音を軽やかに響かせ、鈴は床に伸びた真人を見下ろしながら誇らしげに頷《うなず》く。

「いや、滅びたって……」

僕も真人を見下ろす。真人は完全に白目を剥《む》いていた。ついでに、首もさらにおか

BATTLE END
WINNER_
RIN NATUME

しな方向に曲がっていた。

これ、やばいんじゃ……？

「それより、クド。何か話でもあるのか？」

しかし鈴は、真人のこの状態を完全にスルーした。

「あ、そうでした、忘れてました！　実は、大ピンチなのです！」

さらに、クドにもスルーされていた。

……少しだけ、真人がかわいそうな気がしてきた。

倒れている真人は放置されたままで、クドの言葉が続く――。

「家庭科部がカフェーをして、ですぺあーどなのです！」

けど、その言葉はよく意味が分からなかった。

取りあえずクドを落ち着かせて、詳しい話を聞いてみた。

「……え～っと、つまりはこういうこと？」

僕はクドから聞いた話を頭の中でまとめて、端的に言い直してみる。

「今年の学園祭で、家庭科部は喫茶《きっさ》店を出す予定になっていたけど、人員不足で実行するのが絶望的だ、と」

「そうなのです！」

クドが勢い込んで頷く。

学園祭――そう、既に夏の暑さは遠ざかり、学園祭が目の前に迫っていた。もうとっくに模擬《もぎ》店や出し物の準備に取りかかっている部活も多い。

けれど鈴は、その事実を今知ったとでもいうようにつぶやいた。

「そういえば、そんなものもあったな」

僕や鈴みたいに部活や委員会に所属していない生徒は、学園祭の準備とはあまり縁がない。だから、その手のイベントに対してどうも疎《うと》くなってしまう。

とは言っても、鈴みたいに完全に忘れているのはどうかと思うけど。校舎には学祭用の垂れ幕が掛かり、一部の部活では既に出店用に室内を改装し始めている。

ちなみにクドの所属している家庭科部は、毎年学園祭で喫茶店を出すのが恒例になっているらしい。

「けど人員不足も何も、そもそも家庭科部ってふたりしかいないはずじゃ……」

その人数で、今まで模擬店を出せていたことが驚きだ。

僕の言葉に、クドがシュンとうなだれる。

「はい。今までは寮長さん――あ、家庭科部の部長というのは、女子寮の寮長さんなのです。それで、その寮長さんが中心になって、手伝ってくださる友人の方々を集めていたのですが……」

そこで突然、背後から声が聞こえ、クドの言葉を引き継ぐ。

「寮長も、去年まで手伝ってくれていた彼女の友人たちも、今年は三年になる。となれば、受験勉強などで忙しくて学祭に力を入れることはできない。だから人数が集まらない……ということだな？」

後ろを振り返ると、そこには予想通りの人物がいた。

窓の上から垂れたロープ。それにつかまって、現れたのは——鈴の兄、恭介《きょうすけ》だ。

そしてこの登場の仕方にも、教室にいる誰ひとりとして驚いていなかった。真人の奇行と同じく、すっかり慣れてしまっているらしい。

……慣れって恐いなぁ。

ちなみに、その真人は今も床でのびている。そろそろ本格的に保健室か病院に連れて行った方がいいかもしれない。

「話は聞かせてもらったぞ、能美《のうみ》」

恭介は窓枠に足を掛け、危なげない動きで室内に入ってくる。

「仲間の危機《ピンチ》とあれば、協力するのが当然。人数が足りないんだったら、俺たちがそれを補おうじゃないか！」

「え？」

「何？」

「わふ？」

僕、鈴、クドの視線が、恭介に集中する。恭介は三人分の注目を悠然《ゆうぜん》と受け止め、言い放った。

「俺たちリトルバスターズが、家庭科部の代理としてその喫茶店を出店する！」

その日の放課後。グラウンドで僕と鈴と真人は、キャッチボールをしていた。

他のメンバーはまだ来ていない。いつもなら真っ先にグラウンドに来ている恭介も、今日は姿が見えない。代理出店の準備で来れないらしい。ちなみに、恭介はすでにメンバー全員にメールで『有志は集まるように』と伝えている。

「きょーすけのやることは、とーとつすぎだ」

鈴の手から離れたボールが、柔らかな放物線を描いて僕のミットに収まる。

「まぁ、今に始まったことじゃないけどね」

僕はボールを右手に持ち直し、真人の方に放る。

学園祭は三日後だ。そんな短い時間で、喫茶店の出店準備ができるのかな……。

クドから聞いた話だと、家庭科部の喫茶店は、店の内装も決まっていない状態で頓《とん》挫《ざ》してしまったらしい。ということは、ほぼ一から準備しないといけない。

だいたい家庭科部の代わりに出店するって、恭介だって三年なのに……就活はどうしたんだろう。

パスン。僕の手から離れたボールが真人のミットに収まる。

「まぁ、いいさ。いざとなりゃあ、オレが筋肉でなんとかしてやるからよ」

真人の言葉には、一ミリもなんとかなりそうな要素がなかった。

でも恭介のことだから、本当に考えなしに無茶を言い出したわけじゃないはずだ。

……きっと。……多分。……そうだったらいいなぁ。

「ところで、昨日からなんかオレ、首が痛いんだよな。なんでか知ってるか？」

「知るわけないだろ」

一刀両断する鈴に、真人はそうだよなぁ知るわけないよなぁどうしたんだろうなぁ、とつぶやく。間違いなく鈴のせいだと思うんだけど……真人は覚えていないらしい。

「棗鈴！」

「にゃっ⁉」

突然響いた大音量のフルネーム呼び捨てに、鈴は猫のような声を上げた。同時に、真人から投げられたボールを取り損なって、地面に落としてしまう。

僕らが声の方を振り返ると、そこに立っているのはソフトボール部の笹瀬川さんだった。いつものように取り巻きの下級生三人を連れている。

「聞きましたわよ！　あなた、学園祭に飛び入り参加で出店するそうですわね⁉」

「そうらしいな」

「そ、そうらしいなって、他人事のように……」

　笹瀬川さんは気勢をそがれて言葉に詰まる。

「きょーすけが勝手に決めたことだ。あたしは知らん」

「……」

　鈴の淡泊《たんぱく》な答えに、唖然《あぜん》とする笹瀬川さん。

　銃を持って防弾チョッキを着て遺書も書いて準備万端で戦場に向かったら、場所を間違えていました――そんな感じの顔だった。

「佐々美様！　気をしっかりお持ちください！」

「そうです、試合はまだ始まっていません！」

「野球は九回裏ツーアウトからです！」

　いや、きみたちはソフトボール部だよね。

「はっ⁉　……そ、そうですわね」

　後輩三人の言葉に、笹瀬川さんはなんとか気を持ち直したようだった。

「とにかく！　喫茶店を出すということは、わたくしたちへの挑戦と受け取ってかまいませんわね？」

「は？　どうしてそうなるんだよ？」

笹瀬川さんの言葉に、真人が首を傾げる。

僕も真人と同じく、どうして挑戦なんてことになるのか分からなかった。

「理由なら簡単ですわ」

笹瀬川さんはボリュームたっぷりのツインテールを掻き上げる。

「我がソフトボール部も、喫茶店で出店するからでございますわ！　となれば、当然わたくしたちとあなた方は商売敵《しょうばいがたき》！　これが挑戦でなくて、なんでございますの⁉」

たまたま出店の種類が被っただけなんだけど……どうやら笹瀬川さんに、その考えはないようだった。

「あなた方の挑戦、受けて立ちます。学園祭では、今度こそ格の違いを見せつけてさしあげますわ、棗鈴！」

笹瀬川さんは、鈴を指さしながらそう宣言した。

――そして……ああ、結局はこうなるのだな、と思った。

「でも勝負って言っても、いったい何をするの？」

笹瀬川さんが僕たちに突っかかってくるのはいつものことだからなぁ……そう思いながら尋《たず》ねると、勝ち気な笑みとともに答えが返ってきた。

「お互い、同じ喫茶店で出店しているとなれば、当然、勝負方法は『どちらが売り上げを多く出すか』しかありませんでしょう？　まさか、この期に及んで勝負しないとは言いませんわよね？」

腕を組んで、挑発するような視線を鈴に向ける笹瀬川さん。こういう時、この人は本当に悪役っぽい感じになる。

けど……勝負なんてとても無理だ。

僕たちの今の状況だと正直、学園祭までに準備が間に合うとは思えない。

「鈴、受ける必要はな――」

「いいぞ。その勝負、受けてやる」

「ええっ⁉」

鈴は僕の言葉を遮《さえぎ》り、あっさりと承諾してしまった。

「ふふん、それでこそわたくしが認めたライバルですわ」

「なにぃ？　あたしはお前のライバルだったのか？」

どうやら鈴はまったくそう思っていないらしい……一瞬、笹瀬川さんがすごく悲しそうな顔をしているように見えた。

「……ま、まぁとにかく、この勝負に負けたら、もう二度とグラウンドに入らないと約束してもらいますわ」

それでも笹瀬川さんはなんとか気を取り直し、精一杯の威厳《いげん》を保って僕たちを見据える。

「それで、よろしいですわね？」

「えっと、それは……」

正直、勝てる見込みなんてないから、そんな約束はしたくない。

なのに——。

「別に構わない」

鈴はまたしてもあっさりと頷いてしまった！

「ちょ、ちょっと鈴⁉」

慌てる僕を横に、鈴はまったく動じていない。

「まぁなんとかなるだろう」

この余裕は自信の表れだろうか。鈴にはなにか作戦でも……。

いや、多分何も考えてないんだろうな……。

「でもよぉ、それじゃオレたちが勝ったら、お前らはどうするんだよ？　オレたちが負けた場合だけペナルティがあるってのは、不公平じゃねえか」

「それもそうですわね。ふむ」

真人の反論に、笹瀬川さんは腕を組んで考え込む。

「でしたら、わたくしたちが負けた時には、我々ソフト部員の一部があなた方のヘルプとして、練習や試合に参加するというのはいかがでしょう？」

「さ、佐々美様⁉　そんなことを独断で決められては……」

　取り巻きのひとりが笹瀬川さんの言葉に不安を露《あら》わにする。けれど、本人はまったく気にせず、後輩の言葉を切って捨てた。

「問題ありませんわ。責任はすべてわたくしが持ちます。それとも、あなた方は我々ソフト部が、こんな急ごしらえのチームに負けると思いまして？」

「いえ、そんなことは……」

「だったら大丈夫でしょう。では、わたくしたちは学園祭の準備中ですので、これにて失礼いたしますわ」

　笹瀬川さんは猫のようにくるりと踵《きびす》を返して歩き去っていく。下級生の三人も「お待ちください、佐々美様！」と、その後を追う。

　自分からやってきて勝手に自己完結して勝手に行ってしまった……相変わらず強引だ。けど――。

「勝手にソフト部と勝負なんてことにして、よかったのかな？」

「別にいいんじゃねえの？」

　真人は楽観的だ。

　でも、負ければグラウンドを出て行かなければならないという約束を考えると……。

恭介だったら、こんな時にどうするかな…………う～ん、多分勝負を受けるんだろうな。

きっとこう言う――『ライバルとの勝負があった方が展開的に燃える』と。

でもこの時の僕は、やっぱり真人や鈴と同じで、どこかで状況を楽観視していた。心のどこかで、いざとなれば恭介がなんとかしてくれる、なんて思っていたんだ。

＊　＊　＊

彼女は放課後の廊下を歩いていた。

向こうから数人の女子たちが早足で歩いてくる。すれ違い際、「買うものはこれで全部？」「イスと机が足りてないんだけど、どうしよう？」などという声が聞こえた。

廊下の窓から見える校門はアーチ状に飾り付けられ、中庭では資材を運ぶ男子生徒の姿が見える。校舎内も一部の教室は出入り口がすでに出来上がっており、廊下には作りかけの看板がいくつも立てかけられていた。

学園祭が間近に迫っているため、下校時刻が近いにもかかわらず、学園中から熱気と慌ただしさが消えない。

──彼女は、ため息をついた。

学園祭が近いことに対してではない。

そのせいで廊下を走ったりハメを外す生徒が出てくるのは、確かに彼女にとって頭痛のタネだが、それ以上に問題なことがある。

棗恭介を中心としたグループ──あの問題児の集団が、急遽《きゅうきょ》、学園祭に出店することになったらしいのだ。

情報の提供者は、家庭科部の代理として喫茶店を出すという。家庭科部部長にして女子寮長だった。

『棗くん、喜んで引き受けてくれたわ。でも彼も就職活動で忙しいのに、こんなことして大丈夫なのかな？』

寮長としては、出店することを完全に諦めていただけに心底うれしいのだが、同じ三年の恭介のことが心配でならない、といった様子だ。

（それにしても……）

もしあの問題児集団が出店するとなれば、絶対に何らかのトラブルを起こすに決まっている。それが彼女にとって最大の悩みだった。特にあの集団の中には、『あの子』がいるのだから。

しかし、『災い転じて福となす』という言葉もある。これはもしかしたらチャンスかもしれない。この機会に彼らの問題を告発できれば、彼らの活動をかなり抑えつけられるはずだ。

少なくとも、校内で決闘まがいの馬鹿騒ぎなどを起こせなくなるだろう。

そのためには協力者が必要だ。

彼らの内部に潜り込み、彼らが問題を起こしたらすぐにそれを伝えてくれる――スパイのような役割を果たしてくれる協力者が。

「そこのあなた」

そんなことを考えていると、彼女は後ろから突然声をかけられた。振り返ると、ひとりの少女が視線を向けている。見覚えのない女子だった。

（……こんな人、この学園にいたかしら？）

その少女は、同性の彼女から見ても目を引くほどの美貌《びぼう》を持っていた。

スタイルもモデルのように洗練され、歩いているだけで注目を集めそうな少女だ。

こんな生徒がいたら、彼女もおそらく覚えているはずだが……記憶になかった。

「何かお困りのようね」

その女子は、彼女の困惑など無視して言葉を続ける。

「よかったら、このあたしが協力してあげてもいいわよ」

第一章
史上最低の作戦！？

「……集まったのはこれだけか？」

翌日。家庭科部部室である畳敷きの茶室に集まった僕たちを見て、恭介はつぶやいた。冷静そうな口調を装っているけど、額には一筋の汗が流れていた。

それも仕方ないと思う。

集まったのは、僕と鈴とクドと真人だけ。恭介を含めてもたった五人しかいないんだから。

「どうすんだよ、恭介？　まさかこの人数で喫茶店やろうってんじゃないだろうな」

「当然、やる」

「マジかよ……」

野球チームを作った時と同じく強行突破な恭介に、真人は呆れた視線を向ける。

「おい、理樹。なんとか言ってやれよ」

「う～ん……」

僕もさすがに不安になってきた。

学園祭はもう二日後だ。この日数、この人数で学園祭までに準備を間に合わせるのは、どう考えても現実的じゃない。恭介は一度やると言い出した手前、引けなくなっているだけじゃないだろうか。

それとも、何か考えがあるのかな……。

「売り上げが出たら、モンペチ買い放題だとバカ兄貴から聞いたぞ」

「オレも売り上げで、学食のカツを食い放題だって恭介から聞いてきたんだけどな」

鈴と真人は、そろって肩を落としつつ、恭介に非難の目を向ける。

そんな理由で来てたんだ、ふたりとも……。

「ええい、うるさいぞ、お前ら。文句ばっかり言ってないで――」

と、その時、パイプ机を抱えてクドが部屋の中に入って来た。クドの体格では完全に持ち上げられなくて、ほとんど引きずりながら運んでいる。

うわ、危なっ――僕は慌ててクドに駆け寄った。

「ひとりでそれを運ぶのは無理だよ。僕が片方持ってあげるから」

「これくらい……大丈夫ですよ」

そう言うけど、クドの腕はぷるぷると震えているし、顔も真っ赤だった。僕はそれ以上何も言わず、パイプ机の片方を持つ。

かかっていた重みが減って、クドはホッと安堵《あんど》のため息をついた。やっぱり、相当無理していたんだろう。

「ありがとうございます、リキ。恭介さん、この机はどこに置けばいいですか？」

「そうだな。その机は客用じゃなくて、インテリアを置くためのものだから……」

恭介はポケットから何かの紙面を取り出し、それに一度視線を落とす。

「それはとりあえず、出入り口脇に置いといてくれ」

恭介の指示に従って、僕とクドは机を配置する。

「机はあといくつくらい必要ですか？」

そして机を置くと、クドはすぐにまた次の道具を運ぼうと、恭介の指示を待つ。

「いや、能美。そんなに慌てる必要はないぞ。怪我でもしたら元も子もないからな」

「平気です、これくらい！　それに、もう学園祭まで時間がないので、できるだけ急いでやらないと！」

「ちょ、ちょっと待った」

すぐにでも走り出そうとするクドを、僕は呼び止める。

「クドは別の仕事をしてて。部屋の飾り付けとか。机は僕と真人が運ぶから」

「えぇ～……」

畳に座ったまま不満そうな声を上げる真人。人数が集まらなかったことで、すっかりやる気を失っているようだった。

「真人、お願い」

そう言って頼むと、真人は軽くため息をついて頭を掻きながら立ち上がる。

「……分かったよ。やりゃいいんだろ、やりゃあ」

僕と真人がそんなやりとりを交わしている間に、クドはさっき運んできたテーブルの上にクロスを広げていた。

「クド、それは？」

異なる種類の布がつなぎ合わされて、鮮やかな市松模様が作り出されている。

「はい、これはパッチワークで作ったテーブルクロスです。この喫茶店のために、ここの机全部に使えるくらい、たくさん作りました」

「もしかして、全部ひとりで作ったの？」

「はい！」

クドは勢いよく頷く。

手作りのテーブルクロスが、簡素なパイプ机を一瞬で特注のテーブルに変えた。それを見て、クドはちょっとだけ満足げだ。

喫茶店全体に使えるだけのテーブルクロスっていうと、いったいどれくらいの量になるだろう。それ全部を作るなんて、どれだけ時間がかかったんだろう……。

「クー公、なんでそんなに真面目にやってんだよ。そもそも家庭科部の部長が準備も手伝えないってのに、お前がそこまでやる必要があんのか？」

少し呆れたような真人に、クドは机に掛けられたテーブルクロスのしわを伸ばしながら答える。

「正直なところ、必要はないのかもしれません」

その顔は僕の方からは見えない。

クドは言葉を続けた。

「……この学園に入学したばかりの頃です。私はずっとひとりでした。いえ、私の容姿が珍しいからでしょうか、話しかけてくれる人は多かったです。でも、それは……」

クドの声は途中で消えてしまったけど、その先に続く言葉は、なんとなく分かってしまった。多分みんなのクドに対する接し方は、すべて興味本位、物珍しさからだったんだ。

まるで、動物園で飼われる見せ物のための珍獣――人間扱いされていない。だからどれだけ人から声をかけられても、構われても、クドは孤独だった。

「でもそんな時、寮長さんが誘ってくださったのです。本当に、本当に軽い言い方で、家庭科部に入らないかって。その言葉が、とてもうれしくて、初めて受け入れられたような気がしました」

動物園で、見せ物の動物に目を注ぐことはあっても、人はその面倒を自分でみようとはしない。あくまで距離をおいて眺めているだけで、その動物に関わることは避けるものだ。檻の中に入ってくることはない。

けど、家庭科部の部長は……寮長は入ってきたんだ。檻の中に、クドの心の中に。

この学園では本当に数少ない、クドを『人間』として見てくれた人だったのかもしれない。

「だから私は、この家庭科部という場所を守りたいです。今は他の部員さんがいなくて
ほとんど廃部状態なのですが、この学園祭で家庭科部にいっぱいお客さんが来てくれれ
ば、もしかしたら部員になりたいという人も出てくるかもしれません」

クドは何度も何度も、丹念にテーブルクロスのしわを伸ばす。

「だから、このかふぇを絶対に成功させたいのです！」

そう言って振り返ったクドは、いつものように英語だけは変な発音で、そしていつ
ものようにポジティヴな笑顔を浮かべていた。

クドの言葉に、ちょっと鼻の奥がツンときた。

ごまかすようにクドから目をそらすと、僕の横に立っていた恭介と真人は、ボロボ
ロと涙を流していた。

「……くっ、感動した！」

「オレもだ……この全身の筋肉もわんわんと涙を流してやがるぜ」

いや真人、正直それは気持ち悪いから。

「くど……」

鈴がクドに話しかける。なぜか背中を向けたまま。

「だびじょうぶだ。あだしたちがぜったいに、このきっざてんを成功させてやる」

ものすごい鼻声だった。

「鈴、もしかして泣いてる？　何を言ってるんだ、理樹は！」

「な、泣びでない！」

けれど鈴は絶対に振り向こうとしなかった。

「能美、安心しろ。俺が何の勝算もなしに喫茶店を開こうとすると思うか？　ちゃんと作戦を考えてある」

「作戦……って？」

僕が疑問の言葉と視線を向けると、恭介は不敵な笑みを浮かべて携帯電話を取り出した。

「もしもし、俺だ……そうか、もうそこまで来てるのか。じゃあ頼むぜ」

短い受け答えで恭介は通話を切り、携帯を折り畳んでポケットにしまう。

そしてその瞬間、出入り口の襖《ふすま》がスパンッと小気味よい音を立てて開いた。

襖の向こうに現れたのは、大きな布、イス、テーブル、壷《つぼ》、巨大な植木鉢、絨毯《じゅうたん》、シャンデリア、高級そうな食器と食器棚……。

「ここに置いてといていいのか？」

そしてそれら大量の荷物の向こうから、人の声が聞こえた。

「ああ、襖のあたりにまとめておいてくれれば大丈夫だ」

恭介の言葉に応え、荷物の向こうにいた男子たちが、テキパキとした動きでそれらを部屋の中に運び込んでいく。

「悪いな、お前らも自分たちの準備で忙しいだろうに」

「なぁに、気にするなよ、棗。俺たちが果たし得なかった夢を形にできるって言うんだ。だったら喜んで協力させてもらうさ！」

集団のリーダーらしき人が、白い歯を見せて笑顔とサムズアップを恭介に返す。

そして茶室の出入り口あたりに、あっという間に大量の荷物の山ができあがり、入りきらなかった分は、外の通路に置かれていく。恭介を除いた僕たち全員が、その一部始終を呆然と見ていた。

運び込んできた人たちは、仕事を終えると早々に去って行く。

「恭介、これは……？」

やっと口を開くことのできた僕に、恭介はさっきクドに机の配置を指示した時に眺めていた紙を開いてみせる。

「これが、俺たちの『勝算』だ」

恭介が持っていた紙には、部屋の平面図みたいなものが書かれていた。これに従って荷物を配置していくみたいだけど……なんの図面だろう、これ？

鈴と真人とクドも、運び込まれてきた様々な道具の意味することが分からないらしく、怪訝そうな顔をしていた。

けれど、質問する暇もないほど恭介はテキパキと指示を出していく。

「真人はまず、テーブルの配置だ。その後、天井にシャンデリアを」

「あ、おう、分かったぜ」

「理樹と鈴は、その絨毯を床に敷いてくれ。大きさは床に揃えてあるから、しわが寄らないよう丁寧にな」

「絨毯？　この丸めてあるヤツか？」

「能美は壁の装飾だ。用意した壁紙があるから、まずはそれを貼っていってくれ」

「ら、らじゃーです！」

……いったい何が出来上がるんだろう？

四割の不安と五割の疑問と一割の期待を抱きながら、僕たちは恭介の指示に従って、運び込まれてきた材料を組み立て、配置していく。

それにしても、運び込まれてきたものを改めて見てみると、どこからこんなものを集めてきたんだと言いたくなるものばっかりだ。

絨毯は毛が長くてフカフカだし、カーテンはおとなしめの柄だけど分厚くて重みがあるし、イスはヨーロッパの貴族が使うみたいなしっかりしたものに見える。それ以外にも、高価そうな壷や絵画——多分レプリカだろうけど、安くはないはずだ——といった装飾品まであった。

どれもこれも、学園祭の喫茶店レベルじゃない。

すべての道具に控えめながらも存在感があって、ひとつひとつ室内に配置されていくたびに、部屋の雰囲気が変わっていく……。

「棗くん」

スッと襖が開いて、ややハスキーな女性の声が部屋の中に流れた。襖の方を見てみると、女子寮の寮長が立っている。

「それに、能美さんに直枝《なおえ》くんに棗くんの妹さんも。もう喫茶店の準備に取りかかってるのね」

「おいちょっと待て、あんた。ひとり、大事な誰かを忘れてねえか？」

「え？」

食ってかかる真人を、寮長は怪訝そうに見つめる。

「さっき声をかけた中に、オレが入ってなかっただろ。オレがこの中で一番目立ってるだろうが！」

確かに、体格的に一番目につくのは真人だけど。

「……ああ」

寮長は今、気がついたといった感じで両手を打ち合わせた。

「ごめん、銅像かと思ってたわ、井ノ原君」

「……ふっ、そうか。ありがとよ」

って、なんでそこで感謝の言葉⁉ というか、なんで少し誇らしげなの⁉

「オレの肉体を三毛ランジェリーの彫刻に例えるとはな。分かってるじゃねえか」

……ああ、そういうことか。

でも真人、三毛ランジェリーじゃなくてミケランジェロだと思うよ……。

「能美さん？」

寮長がクドに呼びかける。けれどクドは作業に集中していて、部長の登場に気づいてないみたいだった。

「ク～ドちゃん」

「わふぅっ⁉」

寮長が後ろからクドの両肩に手を置くと、クドはびっくりして跳ね上がった。

「あ！ 来てくださったんですか！」

「ええ。能美さんたちの様子を見に、ね。喫茶店、出来そうになかったら無理しなくていいのよって言おうと思って来たんだけど……」

家庭科部の和室にいる僕たちを、寮長は見回していく。

「……心配無用みたいね」

「ああ、安心してくれ。全力で喫茶店を成功させてやる」

恭介の言葉に、寮長はにこりと微笑む。

「本当にありがとう。お願いね」

「任せておけ。じゃあ、作業を再開するぞ。もう学園祭まで時間がないからな、少しの時間も無駄にできない」

「はいです！」

クドは腕をあげて元気に答える。

「うん！」

僕もそれに続いた。

「分かってる！」

鈴の声に不満の色はまったくない。

「オレの筋肉の出番だな」

真人、その筋肉を有効活用できる時がやっと来たんだ。

「私も手伝うわ」

寮長も袖《そで》をまくり上げて、作業に加わろうとする。そんな寮長に、恭介は怪訝そうな視線を向けた。

「けどあんたは、受験勉強だかなんだかで忙しいんじゃないのか？」

「それでも、少しぐらい手伝うことはできるわ。さすがに付きっきりは無理だけどね。手伝わせてもらえないかしら？」

「……俺に断る必要なんてないだろ、あんたはこの家庭科部の部長なんだ。それに、今は少しでも人手がほしいしな。むしろ手伝ってもらえると助かる」

「ふふ、ありがとう」

寮長の顔にやわらかい微笑みが浮かんだ。

と、次の瞬間また家庭科部の襖が開く。

「やはー、みんなー！　はるちん、ここに参上！」

襖の向こうに立っていたのは葉留佳《はるか》さんだった。

「ごめんごめん、風紀委員に捕まって、ちょっと遅れました」

照れたように頭を掻きながら、葉留佳さんは部室の中に入ってくる。顔は笑顔だけど、なんだか目が赤いような……。気のせいかな？

「葉留佳さん、風紀委員に捕まったって、何かあったの？」

「いや～、あははは……」

笑ってごまかしている……また風紀委員の人たちが怒るようなことしたのかな。

僕たちは正直言って、風紀委員と良好な関係とは言えない。その中でも、特に葉留佳さんは彼らから目をつけられている。

「ま、まぁいいじゃない、そんなことは。それより、恭介さんから何か招集がかかってたみたいだけど、今度は何をやるの？　はるちんも協力しますヨ」

まぁ、葉留佳さんが風紀委員に捕まるのは日常茶飯事だからなぁ……あんまり気にすることもないか。

とにかくこうして、家庭科部喫茶店のメンバーは七人になった。

＊　＊　＊

『恭介さん、この板はどうすればいいんデスカ？』

『ああ、それは型を取って看板にするから……』

室内の声が壁越しに伝わってくる。校舎の外から家庭科部の部室に聞き耳を立てているのは、いつも佐々美について回っているソフト部の一年生三人だった。

彼女たちがここにいる理由は、敵情視察である。

佐々美が鈴たちに宣戦布告をしてから、三人は常に敵の動向に目を向けてきた。相手の動きを知ることは戦略を立てる上で最も重要だからだ。

三人の少女が校舎の壁に張り付いて聞き耳を立てているというのは、傍《はた》から見ればかなり滑稽《こっけい》な姿だが、本人たちはまったく気にしていない。ソフトボール部の、そして何よりも敬愛する笹瀬川佐々美様の勝利のために――その強固な意志で埋め尽くされた彼女たちの思考に、周囲の目を気にする余地などありはしないのだ。

「むむ……敵に協力者がふたり、増えたみたい」

三人組のひとり、サイドポニーテールが特徴の川越令《かわごえれい》が、眉間《みけん》にしわを寄せて声を漏らす。先ほどから、室内より聞こえてくる声の種類が増えていた。

「ええ。ということは、これで相手メンバーは七人ということになるわね」

令の言葉に、隣で壁に密着しているツインテールの中村由香里《なかむらゆかり》が重々しく頷く。

「室内での話の流れから考えると、加わったのは寮長と三枝《さいぐさ》先輩……」

友人ふたりと同じく、磔《はりつけ》にされた標本のような格好になっている渡辺咲子《わたなべさきこ》がつぶやいた。

「……」

三人は、しばし考え込むように口をつぐむ。

「ゆかりん」由香里にそう呼びかけたのは令だった。「あなた、ちょっと窓から中を覗いてみて」

「え⁉」由香里がヒソヒソ声で驚きと反発を露わにする。「そんなことしたら、私がここにいるってバレちゃうかもしれないじゃない」

「いいから、やるのよ！」しかし、令の口調は有無を言わせない。「壁越しに声を聞いてるだけじゃ、部室の中がどうなってるのか正確に分からないでしょ」

「ど、どうして私が」由香里は不満を視線に乗せ、令に送る。「そんなに言うんだったら、れいちゃんがやってよ」

もし窓から覗き込んで、室内にいる人間に見つかってしまったら、すぐに逃げても由香里だけ顔を覚えられてしまう可能性がある。そうなれば、このスパイ活動から外れなければならなくなるだろう。その後は、自分だけが佐々美の役に立つことができなくなる……それが由香里の危惧《きぐ》だった。

「ゆかりん、あなた」睨《にら》み合うふたりの間に咲子が割って入る。「昨日、佐々美様が使い終わったリップクリームを、誰にも言わずに持ち帰ったでしょ？　佐々美様の私物を手に入れた時は、みんなで話し合って平等に分ける——それが私たちの鉄の掟なのに！」

「うっ」弾丸で撃ち抜かれたように由香里の顔が歪む。「ば、バレてたの……」

咲子の言葉は、致命的な一撃だった。掟《ルール》を破ったのだから、罰を受けなければならない——それは道理として正当だ。

「で、でも！」しかし、劣勢かと思われた由香里から強烈なカウンターが放たれた。

「それを言うならささきさだって、この前、佐々美様が飲みかけた牛乳をこっそりとどこかへ持っていってたじゃない！　あの後、ひとりで飲んだんでしょうっ！」

「うぐっ⁉」今度は咲子が怯《ひる》む番だった。「で、でもあれは」

「黙りなさい！」

佐々美のあずかり知らぬところで行われる佐々美を中心とした醜い争いは、令の一喝で硬直した。

「そんなに騒いだら、棗鈴たちにバレるでしょうが。まったく……」令はため息をついてかぶりを振る。「仕方ないわね、だったら私が中の様子を確かめるわ」

令とて、自分が犠牲になる可能性があることなど、本当はしたくはない。しかしこのままでは話が進まないし、彼女たちにもソフトボール部の出店準備があり、暇なわけではないのだ。時間を無駄にするくらいなら――と、令は自ら先頭に立った。

ゲームセンターにあるモグラ叩きのモグラになったような気分で、令は恐る恐る窓から部室内を覗き込む。

「――‼」

しかし、そこで繰り広げられている光景を見て、令はすぐにまた頭を窓の下に引っ込めた。

「どうしたの」咲子が不安そうに尋ねる。「まさか、中の人に見つかった？」

今の令の挙動は、そんな風に思えるものだった。

しかし、彼女は首を横に振る。「これは予想外の事態だわ」

「予想外？」由香里が怪訝そうに尋ね返す。

「言葉で説明するより、実際に見た方がいいわよ。ほら、あなたたちも！」

「ちょ、ちょっと⁉」

「何荒れてるのよ、れいちゃん！」

令はふたりの体を窓に押しつけるようにして、中を覗き込ませる。

「まったく、なんなのよ……」

「中に何があるっていうの？」

由香里と咲子は、令の強引さに口を尖《とが》らせる。

幸いにも、中にいるメンバーは作業に集中しているためか、窓の外にいるどう見ても不審者な三人に気づいていなかった。

「な……⁉」

「うそ」

由香里と咲子は何度も目を瞬かせる。眼前で起こっていることが、目の錯覚ではないかと訴《うった》えるように。

そしてふたりは、すぐにまた窓枠の下に身を隠した。

「どう？」令は事態を確認した由香里と令に、窺《うかが》うような視線を送る。

「これは、油断できなくなってきたわね」

「何もなくても、急ごしらえの喫茶店なんかに私たちソフト部が負けるわけがないと思ってたけど、あれが完成したら……」

家庭科部の部室内には、彼女たちの予想を遥かに超えた内装が展開していた。

「加えて、棗鈴とクドリャフカは男子生徒から、棗恭介は女子生徒から人気が高く、スタッフにも集客力があるわ」

家庭科部の窓の下にしゃがみ込んで顔を付き合わせ、三人はむむむ、と唸《うな》る。

「どうやら」拳を握りしめて立ち上がったのは、令だった。「ついに私たちが動く時が来たみたいね」

「ええ、そうね」

「私たちがやらなければ……」

他のふたりも、令の言葉に同意を示して立ち上がる。

ソフトボールの試合に臨む時のように、三人の手が重ね合わされ、気合と誓いの声が飛んだ。

「すべては、佐々美様のために!!」

そして三人は行動を開始した。

窓から見える空が、茜色から暗紫色に変わり始めていた。

＊　＊　＊

「……すごいです」

僕たち全員の気持ちを代弁するように、クドがそうつぶやいた。みんな、キツネに化《ば》かされたみたいに何度も部室の中を見回していた。

まず、畳と木製の壁がすべて絨毯と壁紙で覆われ、部屋の見た目が洋風になった。そしてそんな中に、天井にはシャンデリアがつり下げられ、窓には厚いカーテンがかかり、壁には額縁入りの絵画が飾られ、部屋の隅には高級そうな壺が置かれている。部屋の片隅にはインテリアとして高級そうな洋風食器棚が置かれ、イスと机も学校貸し出しのものではなく、洋風に統一。クドのテーブルクロスは、そんな中にあって手作り感と柔らかな雰囲気を演出していた。

まだ細かい部分は飾り付けられていないけど、今の段階でも、元があの茶室だとは思えないほどの激変ぶりだった。

「こいつは完成したら、予想以上の出来映えになりそうだぜ」

この劇的ビフォーアフターに、恭介自身も驚いているみたいだ。

「恭介、これいったいどうしたの？」

今さらだけど、このセットの出所が気になった。インテリアや荷物を運んできたあの人たちと、何か関係がありそうだけど……。

「こいつは元々、演劇部が企画した喫茶店の内装なんだ。だが、演劇部は途中で作るのを断念した。そこで、その設計図と配置図面をもらってきた、というわけさ」

恭介の手には、図面が書かれた例のプリント数枚がある。

「俺たちがこのセットを実現してみせるって言ったら、演劇部の奴らも喜んで材料集めに協力してくれたぜ」

ということは、道具をこの部屋に運んできてくれたあの人たちは、演劇部員だったのか。

僕は改めて室内を見回す。きっと舞台セットを作り慣れている人たちだから、こういうのを考えるのもうまいんだろう。

「でも、なんで演劇部はこの喫茶店を作るのをやめた――」

「うおわっ⁉ なんじゃこりゃあ⁉」

僕の声に、真人の驚く声が重なった。さらに直後、ガシャンという何かが割れるような鈍い音が響く。

「どうしたの⁉」

「何かあったか⁉」

僕と恭介が揃って声の方に目を向ける。出入り口のところにいた真人の足元には、壊れた壷とその破片、そして真人の足に貫かれて穴の開いた絵画があった。

真人はいかにも気まずそうな様子で、僕たちの方を振り向く。

「すまねえ。つまずいてぶっ壊しちまった」

「真人……」

「そんな顔すんなよ、理樹！　こんな襖開けてすぐのところにあるからいけねーんだよ。こんなとこに道具を置いた奴が悪い！」

「確かにそうかもしれないけど――」

「わわわっ⁉」

ビリリ、ゴトン、ゴン、バキッ！　ガシャ、ベキ、ガシャーンッッ‼

な、なんだ⁉

今度は逆方向から、叫び声と室内を埋め尽くすような大騒音が響いた。この声は葉留佳さんだ。

「どうしたの⁉」

振り向くと葉留佳さんが床の上に倒れていた。その周りには、窓枠から外れて破れたカーテンと、脚が折れて傾いた六人掛けテーブル。そして少し離れたところでは、照明が落下して床に破片が散らばり、戸が外れて倒れた食器棚と、その中に置いてあった皿が数十枚、無惨な状態になって散乱していた。

「いたた……」

「だ、大丈夫⁉」

僕は慌てて葉留佳さんの方に駆け寄る。

「おい理樹、オレの時と対応が違わねえか？」

背中から真人の不満げな声が聞こえた。僕はそれに笑顔で答える。

「だって真人は筋肉の鎧《よろい》をまとってるから、怪我なんかしないよ」

「……それもそうか」

あっさり納得した！

それはともかくとして、かなり派手な音がしたから、冗談ではなく心配だ。

葉留佳さんの近くにいた寮長やクドもその周りに集まって来る。

「ご、ごめん、三枝さん！　怪我はない⁉」

「だ、大丈夫ですか？」

「うう、いたた……平気だよ、怪我はないみたい……」

葉留佳さんは涙目で立ち上がる。

「私は大丈夫なんだけど……」

葉留佳さんは、自分の周囲に広がる惨状に目を向けていた。

絵画を飾り付けていたところ、制服の後ろ襟がカーテンに引っかかってバランスを崩し、近くにあったテーブルに手をついたけど、その衝撃でテーブルの脚が折れ、あえなくテーブルもろとも床に倒れ込んだ。襟が引っかかったカーテンは破れ、その拍子にカーテンのレールと繋がっていたのか壁紙が剥がれ、壁につけてあった照明が道連れになって落下し、壁の前に置かれていたインテリアの食器棚が倒れ……と連鎖的に物が壊れていったようだ。

あるんだ……こんなことって。

「ごめんなさい……」

葉留佳さんはうなだれて小さくなる。

さっきまでお城のようだった部屋が、今は戦場みたいになっていた。

「本当に、迷惑ばかりかけて……ごめん……」

普段とは別人みたいな顔をしていた。確かに被害は大きかったけど、葉留佳さんがこんなに落ち込んでるのは見たことがない……。

「大丈夫だよ！　内装全部が壊れちゃったわけじゃないし、また材料を集めれば作り直せるからさ」

僕は葉留佳さんを励まそうと、できるだけ明るく言った。それに恭介が設計図を持ってるんだから、材料さえあればまた同じものを作れるはずだし。

「ほ、本当？理樹くん」

「うん、だからそんなに深刻に考えることなんてないって。ね、そうでしょ、恭介？」

僕は恭介に呼びかける。葉留佳さんも一緒に、すがるような視線を向けた。恭介のことだから、きっと『ああもちろんだとも。こんなこともちゃんと想定して準備は進めてあるさ』なんて言ってくれるはずだ——僕はそう思っていた。

けれど。

「……」

恭介は無言だった。呆然と部屋の惨状を眺めていた。額から頬に一筋の汗が流れている。心なしか、顔色も悪いような気がした。

「おい、きょーすけ？」

「恭介さん、どうしたのですか？」

「何、固まってんだよ、お前？」

「棗くん？」

恭介の様子がおかしいことに気づき、その場にいた全員が心配そうに声をかける。

どうしたんだろう、恭介は？

「……無理だ」

恭介の口から、ぽつりとつぶやきが漏れる。

「無理なんだ、作り直すことは」

「え? ど、どうして?」

恭介はぎこちない動きで僕の方を見る。

「材料が、もう……ない」

「でも、それはまた集めれば」

「材料を集める金が、もうない」

恭介は折り畳まれた一枚の紙片をポケットから取り出して、僕に無言で差し出した。

さっきの設計図とは違うものみたいだ。

そこには、様々な数字が羅列されていた。そして数字の横には、所々に『バスケ部』とか『剣道部』とか書かれている。

「これは?」

紙面から顔を上げて恭介に尋ねる。答えはため息と共に返ってきた。

「喫茶店の内装に使った費用をまとめたリストだ」

「え?」

再び僕は紙面に目を落とす。他のみんなも集まって来て、僕の肩越しにその紙を覗き込む。

僕は我が目を疑った。その場にいた全員が、無言で息を飲んでいた。

リストの一番下には、目が飛び出るほどの金額が記されている。

使った費用は——約二五万円。

演劇部がこの喫茶店内装を諦めた理由が分かった。費用が掛かりすぎるんだ、この喫茶店は！

「しかも、それはあくまでレンタル料だ。さっき壊したカーテンやテーブルなんかは、別に弁償代が請求される……」

そ、そんな⁉

「恭介、これ、なんの冗談⁉」

「冗談でもなんでもない。恐ろしいことに、れっきとした事実だ」

いや、事実だって、そんな堂々と言われても⁉

「だいたい、こんな大金、どうやって用意したの⁉」

「リストの横に、運動部の名前が書かれてるだろ？　そこから借りた」

「ええっ⁉」

金額以上にそっちの方が驚きだった。こんなに借金してどうするのさ⁉

「喫茶店が成功すれば、採算は取れると思ってたんだけどな……」

恭介は平静を装ってそう言う。あくまで表面上だけだろうけど。

「何考えてるんだ、このバカきょーすけ！」

「どうすんだよ、この借金……」

鈴と真人から非難の声が恭介に向けられる。寮長とクドも不安そうな顔をしていた。

その中で葉留佳さんだけが、恭介の方には目を向けず、自分の手のひらをぼぉっと眺めている。

「葉留佳さん？　どうしたの？」

「あ、ううん、な、なんでもない！」

僕が声をかけると、葉留佳さんは慌てたように手を後ろに隠してしまう。

……？

何か針みたいなものが見えた気がしたけど……なんだろう？

●本日までの収支合計

《支出》
内装設備レンタル代……………………二五六〇〇〇円
破損品弁償代……………………一四四五〇〇〇円
小計　四〇〇五〇〇〇円
《収入》

なし

合計　マイナス四〇〇五〇〇円也

＊　＊　＊

「ふっふっふ……」

家庭科部出入り口の陰で中の混乱を眺めながら、声をひそめて笑う三人の少女の姿があった。

「うまくいったわね」と令。

「本当に。これで奴らの喫茶店は絶望的だわ」と咲子。

「そして私たちの勝利は決まったも同然」と由香里。

彼女たちが行った工作は、見事な威力を発揮して、敵の内装を絶望的な状況へと追い込んだ。

「でも」由香里が口の中で小さくつぶやく。「恭介先輩が借金を負ってしまうのはかわいそうな気が……」

「？　ゆかりん、何か言った？」

「う、ううん！」令と咲子の怪訝そうな視線に、由香里は首を横に振る。「なんでもないわ」

家庭科部部室の中からは、『バカきょーすけ！』という鈴の声が聞こえてくる。恭介が鈴や他のメンバーから非難されているのだろう。

「特にあの三枝先輩からテーブルやカーテンを連鎖的に破壊する作戦はよかったわ。あれをやったのは誰？」令は咲子に視線を向ける。「さきさき？」

「え？」咲子はきょとんとした顔をする。「ううん、私じゃないわよ」

「じゃあ、ゆかりん？」

「ううん、違うわよ」由香里も首を横に振った。「私は部室の出入り口に絵と壷を置いただけだから」

そしてそのトラップに引っかかったのが真人である。

「……え？」令は眉間にしわを寄せる。「それじゃ、あのテーブルやカーテンの仕掛けは誰が？」

令自身ではない。そして咲子と由香里も否定した。

それではいったい誰の仕業だったというのか。

そもそも、いくら部屋の中にいる鈴たちが作業に集中してるといっても、彼女たち三人が室内に入っていけば絶対に気づかれてしまう。だから彼女たちにできる工作といえば、せいぜい出入り口近くに置きっぱなしの道具で、イタズラレベルの仕掛けをする程度だ。

しかし、あのカーテンやテーブルが壊れるような仕掛けを作るためには、部屋の中に入らなければならない。中にいる人間に気づかれずにそんなことができるのは、それこそ天井を這ったり天井裏にひそんだりして移動する人間ぐらいだろう。単なるソフトボール部員である彼女たち三人に、そんなことができるはずがない。漫画の中に出てくる忍者やスパイではないのだから。

「……あれは、あいつらが勝手に自爆したんじゃない？」

「う～ん、そうね。ただの偶然かも」

「そうとしか考えられないか……」

咲子の言葉に、由香里と令も頷いて同意する。

「は⁉　でも、だとしたら私たちが何もしなくてもよかったんじゃ⁉」

「ば、バカ！　何言ってるのよ、れいちゃん！　そんなわけないでしょ！」

「そうよ、さきさきの言うとおりよ！　きっとあのカーテンやテーブルの破壊も、私たちの佐々美様への愛が起した奇跡なのよ！」

三人娘はささやき声で言い争う。

そんな中、ふと令は部室内の雰囲気が変化したことに気づいた。

「……？　どうしたのかしら？」

さっきまで聞こえていた鈴から恭介への非難の声は止んでいた。そして室内からは、さっきまでとは雰囲気の違う恭介の声が聞こえてくる。

『こうなったら仕方ない……』

『何する気、恭介？　携帯電話なんか取り出して』

『もう、甘いことを言っていられる状況じゃない。直接電話して全員に緊急強制招集をかける……』

そして次の声は一際大きく、力強く響いた。

『ミッション・スタートだ！』

＊　＊　＊

学園祭を二日前に控えた夕暮れ。出し物や出店準備の最後の追い込み時期となった今、学園中が慌ただしく、浮き足だった雰囲気に包まれていた。そんな中で、彼女だけが世界から切り離されたように冷め切っている。

彼女が時計を確認すると、定期連絡の時間だった。ポケットから携帯電話を取り出し、登録してある番号の中からひとつを選択して発信する。

呼び出しのコール音が続く……。

その間、彼女の脳裏に、数時間前に『あの子』と交わした会話が浮かぶ。

『まったくもう！　つまらないことでいつまでもお説教なんてしないでよね！　私だって暇じゃないんだから！』

『あら、そう？　整備委員はなくなって友達もいなくて、どうせ学園祭でも何もすることがなくて、暇を持て余してると思ったんだけど』

『う……。わ、私にだって』泣きそうな声。『い、いるもん！　友達ぐらい！』

訴えるように嘆くように懇願するようにそう叫んで、その少女は彼女の前から走り去っていった。

……呼び出しのコール音が続いている。相手はなかなか出てくれない。

彼女も本当は、『あの子』にあんなことを言いたくなかった。いつだって口論の始まりはただの注意だ。校則を守りなさい、人に迷惑をかけないようにしなさい――その程度のこと。それに『あの子』が反発して、売り言葉に買い言葉で言い争いになっていく。

（まったく。いつまでこんなことを繰り返せばいいのかしらね……）

『仲の悪いふり』はもうとっくに『ふり』ではなくなって、確かな憎悪として形を成していた。

彼女はもう一度、ため息をついた。

(ダメね。このままじゃ、どんどん落ち込んでいくわ)

と、その瞬間彼女の思考を断ち切るように、携帯から「プッ」という通話の繋がる音が響いた。

「もしもし」スパイとしてあの集団を監視している人物に、彼女は呼びかける。「はい……ええ……そうなんですか。……はい、ありがとうございます。……はい、もちろんです」

彼女の目的は、あの問題児集団――リトルバスターズを崩壊、解散させること。

そのためにスパイ役の協力者に動いてもらい、彼らの喫茶店を妨害した。メンバーのひとりを罠にはめ、店の内装を半壊させたのだ。

「……はい。……では、まだ終わりではないようですね」

どうやら棗恭介たちはまだ諦めていないそうだ。恭介が携帯電話で、他のメンバーに強制招集をかけたらしい。

「……はい。こんな役回りをさせてしまって申し訳ないのですが、引き続き監視をお願いします」

彼女は通話を切り、ポケットに携帯電話をしまう。

（さて、後は……彼らが起こした問題を、隠蔽《いんぺい》されないように注意することね）

彼女は壁からもたれ掛けていた背中を離し、廊下を再び歩き始めた。窓から見える空の色は、さらに濃くなり始めていた。

＊　＊　＊

「うん、そうなのよ。すっごく綺麗なお店になってたから、壊れちゃったのはちょっと残念だけど。……ええ、そのとおり。……そんなこと言わないで、私は有能なスパイなんだから、ど〜んと任せちゃいなさいって。それじゃあね」

朱鷺戸《ときど》沙耶《さや》は通話を切った。これはクライアントへの定時報告だ。

沙耶は携帯電話を折り畳み、ポケットにしまう。その拍子に、モデルのように綺麗なロングヘアーがさらりと揺れた。ちょっとした仕草がなんの装飾もなしで絵になってしまう——そんな美少女だった。

しかし——。

「そう、そうよ！　あたしはデキるエージェントなんだから！　どんな目的だって完璧に果たしてみせるわ。あーはっはっ！」

口から出てくる言葉が、その美しい容姿を完全に裏切っている。それが自称『有能な女スパイ』、沙耶にとって玉《たま》に瑕《きず》だ。

「はっはっ……は⁉」

そして彼女がいるのは校舎の廊下。周りには当然、生徒たちがたくさんいる。

つい大笑いしてしまったせいで、周囲の注目を集めまくっていた。

「なんだ、あの娘《こ》……？」

「頭、大丈夫かしら……？」

彼ら彼女らは、沙耶に対して明らかに不審の目を向けていた。

「あ、あははは……」

沙耶は赤面し、ごまかし笑いを浮かべた。しかしそれが客観的に見て余計に怪しく、周囲からの訝《いぶか》しがる視線はさらに強くなる。

「うっ……」

その視線に晒《さら》され――彼女のいつもの癖が発動した。

「ええ、そうよ！　仕事がうまくいきそうだったから、ついテンションが上がって大笑いしちゃったのよ！　隠密行動中なのにね！　滑稽でしょ⁉　ほら、あんたたちも笑いなさい、あたしを笑うがいいわ！　あーっはっはっはって、笑いなさいよ‼」

その自虐的な言葉は彼女の事情を知らない者にとってはわけが分からず、わけが分からないのにヤケに迫力と勢いがあり、沙耶に注目していた生徒たちは怖じ気づいて足早に去っていった。

「ふぅ」廊下でひとりになった沙耶は、深呼吸で気分を落ち着かせる。「さて、彼らが喫茶店を続けるってことは、まだまだあたしの活躍が必要ってわけね……」

第二章

さぁ、戦闘開始《バトルスタート》だ

翌日、朝八時。

普段だったら、まだ一時限目の授業も始まっていない。それどころか、学生の大半は学食にいる時間だ。

けれど、そんな時間に僕らは家庭科部の部室に集まっていた。昨日からいた恭介、鈴、真人、クド、葉留佳さん、僕に加え、謙吾《けんご》、小毬《こまり》さん、来ヶ谷《くるがや》さん、西園《にしぞの》さん。寮長は今日は来れなくて、合計十人。

「というわけで、協力して欲しい」

昨日喫茶店が半壊した後、恭介は僕たち全員に電話をかけ、緊急招集と伝えた。

今日は学園祭前日ということで、授業はなし。一日中を出店準備のために使える。

「こんな楽しそうなことが起こっているのなら、もっと早く来るべきだった」

来ヶ谷さんは腕を組み、いつものように大人びた落ち着きをまとっていた。というか、大量の借金を抱えたこの状況を、楽しそうと言ってしまえる来ヶ谷さんがすごい……。

「一応、全員にメールで伝えただろ。なのにお前たち、来なかったじゃないか」

少し拗《す》ねたみたいに不満そうな恭介に、来ヶ谷さんは首を横に振った。

「メールにはただ有志は集まれと書かれていただけで、何をやるのかなどは一切書かれていなかった。それではどんなイベントをやるのか分からんから、昨日は実行委員会に放送機器のレクチャーをしていた」

来ヶ谷さんの言葉に、小毬さんも手を挙げて続く。

「私は老人ホームに行く予定になってたから……」

「まったくだ。水くさいぞ、恭介！　言ってくれれば剣道部の付き合いなんぞ、ほっぽり出して来たのに」

剣道着の上に特製リトルバスターズジャンパーという、いつもどおりに変な格好の謙吾が、恭介の背中をバンバンとたたく。

「私はそもそもメールを見ていませんでした。というか、見ることができませんでした」

西園さんはいまだに携帯の扱いが苦手らしい。

「そうか……そうだったのか。実のところ、人望がないんじゃないかと、少し考え込んでたぜ」

恭介はしみじみと頷いていた。

……かなり真剣に悩んでいたのかもしれない。自分の人望について。

「まずは現状を確認したい」

来ヶ谷さんがそう提案する。

昨日、電話で恭介がある程度の事情をみんなに話していた。けど、確かに改めて詳しい説明をした方がよさそうだ。

「え～っと、まずはみんな知ってると思うけど、クドの家庭科部の喫茶店を僕らが代理出店することになったんだ。それで、恭介が演劇部から喫茶店の内装の図面をもらって来て、それを作ろうと思ったんだけど……」

部室の一角――内装は昨日のままで半壊状態。葉留佳さんが力ない笑いを浮かべながら「あはは……すみません」と頭を下げる。昨日よりは少しだけ元気になっていたけど、やっぱりまだいつもどおりというわけにはいかないみたいだ。

恭介が僕の言葉の後を受けて、説明を続ける。

「こういう状態だから、このまま喫茶店を続けることはできない。かといって、借金もあるし、元の内装を作り直す予算もない」

「借金、ですか?」

小毬さんが首を傾げる。そのことについては伝わっていなかったらしい。

呆れたような口調で小毬さんに答えたのは真人だった。

「あ~、恭介の奴が喫茶店の内装を組むために、いろんな運動部から金を借りたんだと。しかもえ~っと、何十万だったかな。一、二、三……とにかく、かなりの大金だとよ」

……どうやら四以上の数を数えることができなかったらしい。

「それは、かなりまずいのではないでしょうか」

西園さんの言うとおりだった。ただ喫茶店が出店できないだけなら、残念ではあるけれどあくまでも僕らだけの問題で済む。でも、借金があるとなると話は別だ。返せなければ、それぞれの部活の人たちに迷惑をかけることになる。

僕らは校内でもけっこうな騒ぎを起こしたりと無茶をしているけど、それを悪く言う生徒はほとんどいない（風紀委員は別だけど）。それは、学園のみんなが僕たちのグループに悪い印象を抱いていないからだと思う。けど、もしこの借金の件で運動部の人たちから恨みをかってしまえば、状況は変わってくる。

加えて、もちろん金銭の貸し借りは校則違反だ。バレれば生徒会や教師だって黙っていないだろう。

「お金――返さないとね、絶対」

ぽつりと葉留佳さんがつぶやく。

いつも明るく笑っている葉留佳さんが、今はひどく真剣な顔だった。

責任を感じているのかな……。

そんな葉留佳さんに、恭介が力強く答える。

「ああ、もちろんだ。だが、借金を返すだけじゃない。それだけで終わったら初めの状態に戻っただけ――プラマイゼロだ。当然、喫茶店を成功させることで家庭科部を盛り上げ、部員獲得という目標も達成して、プラスを生み出す！」

「お願いします！　もしそうなったら、恭介さんは私たち家庭科部の命の恩人――さすがは恭介さんです！」

まだ問題は何ひとつ解決してないけど、クドは恭介に惜しみない賞賛を送っていた。

……現在の窮状の一端は、そもそも恭介が無謀な借金をしまくったことにあるというツッコミは、入れない方がよさそうだった。

「恭介。プラスを生み出すということは、金銭的にもということか?」

鋭い視線でそう尋ねる謙吾に、恭介は不敵な笑みを口元に浮かべて応える。

「当然だ。寮長の話によると、去年の家庭科部の喫茶店はかなりの売り上げがあったらしい。借金を返して余った分の予算は——俺たちリトルバスターズの、特製ユニフォームとジャンパーを作るために使われるだろう!」

「いやっほーぅっ‼　恭介サイコーっ‼」

謙吾が雄叫びを上げ、自らのジャンパーを誇示するように、その背中を僕たちに見せつけた。

そこには『LITTLE BUSTERS』というロゴと、マスコットの猫が描かれている。

「これでやっとお前たちも俺と同じものを背負い、二十四時間熱き魂を分かち合えるようになるというわけか!」

「いや、ジャンパーとユニフォームを作ったからって、謙吾みたいに一日中着てることはないと思うけど」

「はっはっは。そんなことはないぞ、理樹!　一度着てみれば、もう脱ぐなんて考えることもできなくなるはずだ！」

いや、それはむしろ恐くて着たくないんだけど……。

「まぁ、とにかく」

テンションが上がりまくっている謙吾を抑えるように、恭介は落ち着いた口調で一声。そしてこの場にいる全員に視線を送り——真剣な顔で次の言葉を続けた。

「みんな、協力してくれるな？」

もちろん、反対する人はひとりもいなかった。


「よし。じゃあまずは、各自に役職を割り振っていくぞ」

室内にいる全員に向かって、恭介が唐突に告げる……役職っていうと、給仕係とか、調理係とかだろうか。

そう思っていると、恭介は真っ先に僕の方を見て指さしてきた。

「理樹、取りあえずお前、店長な」

「えええっ⁉」

いきなりのびっくり人事だった！

「待ってよ、恭介！　どうして僕が店長なのさ⁉」

僕たちのリーダーは、今までいつだって恭介だった。だから、店長なんて役職は恭介がやるべきだし、みんなもそう思っているはずだ。

「そうだな。確かに、今回の家庭科部の代理出店を言い出したのは俺なんだから、理樹だけに重役を押しつけるというのは無責任だ。というわけで、俺は社長ということにしよう」

「いやいやいや、一店舗しかないのに社長と店長を分ける必要があるの⁉」

「あるとも！」

恭介……ないはずなのに、またそんな自信満々に……。

「つまり、俺が全体の責任者として立つが、現場での実際の指揮は理樹が中心になって取れってことだ。みんなもそれで構わないな？」

恭介が部室全体を見回す。

「おっけーですよー」

「バカ兄貴がやるよりも理樹がやった方がマシだ」

「ヴセ・ノルマルノ！（まったく問題ないです！）」

「もっちろん、はるちんは全然構わないですよー」

「特に問題ありません」

「うむ、少年が大役の中で右往左往する様子を見るのも一興だ」

「理樹がやるんだったら、おかしなことにはならねえだろうし」

「そうだな。俺もお前を信用している」

「――というわけで、決定だ」

みんなの言葉の最後を、恭介が満面の笑みで締めくくる。

満場一致で可決された……。

恭介はノートを持ってきてテーブルの上に広げ、『社長　棗恭介』、『店長　直枝理樹』と書いた。

「じゃあ、他の役職は各自、立候補で決めよう。みんな、我こそはこの役職に相応《ふさわ》しいという奴はいないか？」

室内にいる全員を見回す恭介。まず手を挙げたのは真人だった。

「じゃあ、オレは筋肉担当で」

それ、どんな役割をする担当⁉

「いいだろう」

いいの、恭介⁉

でも恭介はノートに真人の役割を記しつつ、少し考えてこう提案した。

「しかし、筋肉担当というだけじゃ説明不足だな。真人はその類い希なる筋肉の持つ力を、存分に披露《ひろう》するのが役割……だったら、こう言った方がいいんじゃないか？」

――『筋肉ひろう担当　井ノ原真人』

「なんで『ひろう』だけ平仮名なんだよ⁉　いつも疲れてそうじゃねえか⁉　それとも何か、お前はいつもいつも無駄に運動量が多くて暑苦しいから、疲れて大人しくしているぐらいがちょうどいい、とでも言いてえのか⁉」

「ああ、すまん。『披露』という漢字が咄嗟《とっさ》に思い出せなくてな」

真人の言葉に、恭介は悪びれもなく答える。

「まったく。わけの分からん担当になろうとするからだ、お前は」

そう言って呆れたため息をついたのは謙吾だった。

「そうだな。俺は料理もできないし、俺のようなむさ苦しい男がウェイターをしても仕方がないだろう。だからあくまで俺は裏方役……ただし、最高の裏方役だ！」

「おう、分かったぜ」

謙吾の言葉に頷き、恭介はノートにシャープペンを走らせる。

――『最高の浦方《うらかた》さん　宮沢《みやざわ》謙吾』

「何者だ、浦方さんって⁉　しかも最高って、何がどう最高なんだ、この浦方さんは⁉」

浦方さんという謎の人物の存在に、謙吾が頭を抱える。

「あたしは料理なんてまったくできない。だから、アレだ。料理とかを運ぶやつをする」

鈴は無駄に堂々としてそう言う。いや、そんなに力強く料理なんてできないって公言するのはどうかと思う。

「そうだな。鈴はウェイトレス、と。いや待て、ここはちょっとお前の特技とかを分かりやすい形で示した方がいいんじゃないか？　というわけで……」

——『料理の載ったお盆をハイキックで差し出します　棗鈴』

「できるか、そんなこと！」

敵を威嚇《いかく》する猫のように、鈴は恭介を睨み付けた。

その横で、いつものののんびりとした口調で小毬さんが発言する。

「それじゃあ、私はデザート担当がいいな」

ひどく限定的な料理担当だった。

「ふむ、分かった。しかし、ただデザートというだけではイマイチ迫力がない。そこでちょっと付け加えてみよう」

――『デザートイーグル　神北《かみきた》小毬』

なんだ、デザートイーグルって……そう思っていると、天井から一枚の紙切れが小毬さんの足元に落ちてきた。

いったいどこから落ちてきたんだ？　そう思いながら、僕はその紙切れを拾い上げてみる。

『デザートイーグル。アメリカはミネソタ州のＭＲＩリミテッド社が開発・考案した自動式拳銃。一九七九年に発売された当初は、排莢《はいきょう》不良やジャムなど、動作面の問題により不評だったが、その後動作が安定するに従い、人気が高まっていった。50ＡＥ版で使われる弾薬は、現在市販されている拳銃の中では最大口径のもので……』

デザート・イーグルについて説明されていた――なんのメモさ、これ？

紙が落ちてきた天井を見上げてみると、ゴトゴトと音が響いた。

誰か、天井裏にいるの⁉　いや、まさか……ね。スパイか忍者じゃあるまいし。

そんな感じで、次々にそれぞれの役職（？）が決まっていった……。

「……」

数分後、ノートに書き上げられた役職担当表を見て恭介は眉間にしわを寄せていた。

その役割担当表は――。

筋肉ひろう担当　井ノ原真人
最高の浦方さん　宮沢謙吾
料理の乗ったお盆をハイキックで差し出します　棗鈴
デザートイーグル　神北小毬
待て慌てるな孔明の罠だ　来ヶ谷唯湖《ゆいこ》
後方援護担当　西園美魚《みお》
ロシアの料理は世界一ィィィィっ!!　能美クドリャフカ
給仕というか球児（ビー玉的に）　三枝葉留佳

「……」

ノートを覗き込みながら、僕も恭介と同じく頭を抱える。

「これ、誰がなんの役職をやるのか、さっぱり分からないよ」

「ああ。俺も今、それに気づいた」

しみじみと言う恭介。

いや、途中で気づこうよ……。

「やっぱり、役職は普通に書いた方がいいんじゃない？」

「そうだな……策士、策に溺れるとはこのことか」

結局、僕と恭介以外の役職は、調理担当は小毬さんとクド、ウェイトレスは鈴と葉留佳さん、企画係が来ヶ谷さん、広報係が西園さん、雑用が真人と謙吾となった。

「これで役職は全員、決まったようだな。もちろん、今後状況に応じて臨機応変に役職は変更していい。手の空いている人は、他の役職を手伝うように」

恭介が室内を見回す。

「それじゃ、改めて宣言するぜ――ミッション・スタートだ！」

恭介の宣言から、みんなが自分の役職のために動き始める。

まずは床に落ちた照明と割れた皿の破片がゴミに出され、脚の折れたテーブルと壊れた食器棚は真人と謙吾が外に運び出していった。

さて、取りあえず今のところ最大の問題は、内装をどうやって修復するかってことだけど――。

「みなさん、ごきげんよう」

突然、あの独特の口調が室内に響いた。

確認するまでもなくその声の主は――。

「しゃしゃみ！」

「佐、々、美、ですわ、棗鈴！　そんな柳葉魚《シシャモ》みたいな呼び方しないでくれませんこと⁉」

いや、あんまり柳葉魚っぽい発音じゃないと思う……。

「何をしに来たんだ、お前？」

「決まっているでしょう！」

鈴に答えたのは、笹瀬川さんの背後から響く声だった。笹瀬川さんの後ろにはいつの間にか、いつものソフト部三人組がいる。

「佐々美様が自ら、敵情視察に来て差し上げたのです。ありがたく思いなさい！」

――あ。

そうだ、ソフトボール部との勝負もあったんだ。

「あん？　どうした理樹？　鳩が肉団子でも食らったような顔して」

「いや、鳩は肉団子なんか食べないと思うけど、ううん、なんでもないよ……」

尋ねてくる真人に、僕は手を振ってごまかす。

そうだった――昨日笹瀬川さんたちと、喫茶店の売り上げ勝負をするという話になったんだ。負けた場合、僕たちはグラウンドから出て行くという条件で。

ふん、と笹瀬川さんは鼻で笑って、部屋の中を一瞥《いちべつ》した。

「もっとも、この状況では視察するまでもないようですけど」

笹瀬川さんの目は、室内の一点に留まっている。その視線が注がれているのは、カーテンが破れ、壁紙が剥がれ、照明が外れ、みすぼらしい姿を晒している部屋の一角。

「学園祭前日になって、喫茶店という形すら出来上がっていないようでは、お話になりませんわ。この体《てい》たらくで、そもそもお店を開くことができるんですの？」

う……反論できない。

「まったく。これでは明日を待たずとも、わたくしたちの勝利は決まったようなものですわね」

おほほ、と笹瀬川さんは漫画に出てくるお嬢様みたいな笑いを浮かべる。

「おい、シシャモ」

「シ、シャ、モ、じゃないって言っているでしょう！　棗鈴⁉」

「確かにあたし達の喫茶店は、お前の言うとおりまずい状況だ。もう、くちゃくちゃまずい。けど、お前がさっきから何を言ってるのか分からないんだが。勝負ってなんのことだ？」

「なっ⁉」

笹瀬川さんが突風に気圧《けお》されたように体を仰け反らせる。あ、目が点になった。

「何を仰っていますの！　勝負と言ったら勝負に決まっているでしょう⁉　ソフト部とあなた方の喫茶店の、売り上げ勝負でございますわ！」

笹瀬川さんの剣幕に、僕は鈴に耳打ちする。

「ほら、昨日笹瀬川さんと言い争いになって、学園祭で競争するって話になったじゃないか。鈴が勝負を受けるって言って」

「ああ……そういえばそうだったな。うん、もちろん覚えてるぞ」

　嘘だ、絶対に忘れていた。

　――いや、僕も忘れかけてたから人のこと言えないけど。

「ぐむむ……こんな侮辱を受けたのは生まれて初めてですわっ！」

　笹瀬川さんはぎりぎりと歯を食いしばる。歯にヒビでも入るんじゃないかと心配になるくらいの形相だった。

「棗鈴、覚えてらっしゃい！　明日の学園祭では、わたくしたちの前にひれ伏させてあげますわ！」

　捨て台詞を残して、笹瀬川さんは踵を返した。

「お待ちください、佐々美様！」

　ソフト部の三人もその後を追う。

　笹瀬川さんたちは怒濤《どとう》の勢いで現れて、怒濤の勢いで去って行った。

　う～ん、さらにまずい状況になってきた……。

「テーブルと棚は運んでおいたぜ」

　笹瀬川さんと入れ替わるように、真人と謙吾が戻ってくる。

「さっきそこでソフト部の笹瀬川を見かけたんだが……ずいぶん怒ってるみたいだったぞ。何かあったのか？」

教室にいなかったせいで事の顛末《てんまつ》を知らない謙吾が、顎《あご》に手を当てて怪訝そうな顔をする。それに合わせるように、恭介も僕と鈴に疑問を向ける。

「ああ、俺もさっき笹瀬川が言っていたことについて聞きたい。勝負ってのは、いったいなんのことだ？」

僕はため息をついて、昨日笹瀬川さんたちと交わした会話の一部始終と、喫茶店の売り上げ勝負についてみんなに説明した……。

「なるほど……」

話を聞き終わった恭介は、考え込むように腕を組んで目をつぶっていた。

……やっぱりソフト部との勝負を受けたのは失敗だった。負けたらもう、みんなで野球を続けられなくなるかもしれない。なのに――。

「そいつは燃える展開だな！」

目を開いた恭介が言ったのは、前に僕が『きっと恭介だったらこう答えるだろうな』と思った、まさにそのとおりの言葉だった。

「でも恭介、負けたら野球を続けられなくなるかもしれないんだよ」

「負けたら、の話だろ？　勝てばいいんだよ、勝てば。いや、むしろこの勝負は俺たちにとって好都合じゃないか？　勝てばもうあいつらに因縁をつけられることはなくなるし、さらにソフト部員をヘルプとして借りられるようになるんだぞ。リトルバスターズの大幅な戦力強化だ！」

「でも……」

「もともと、喫茶店で売り上げを出せなければ大借金っていう、崖っぷちの状況だったんだ。いまさらそこにひとつやふたつペナルティが増えても同じさ。状況は変わっていない——結局、勝てば生き残り、負ければ破滅する。それだけだ」

鈴や真人や謙吾、他のみんなも、恭介の言葉に頷いていた。

——確かに、そのとおりかもしれない。

もともと最低な状況だったんだ。これ以上、落ちることはない。

「しかし、そうなると、この喫茶店はさらに重要になってくるな……」

さっきまでは楽天的で強気な顔を見せていた恭介が、一転して表情を引き締める。

考えてみれば、恭介は実際に借金を負っている本人だから、きっとプレッシャーは僕以上のはずだ。

「問題はこれからどうするかだよね。予算も残り少ないし……」

僕は半壊した内装の一角に目を向ける。

とにかく、まずは喫茶店を作り上げないと、成功するかどうか以前にスタートラインにも立てない。でも、壊れたものをもう一度揃える費用もないのに、どうやって完成させれば……何も方法が思い浮かばない。

それは他のみんなも同じらしく、この場にいる全員が黙り込んでしまっている。

「うむ。では、せっかく企画係になったのだから、初仕事をしようじゃないか」

その沈黙を破ったのは、来ヶ谷さんだった。

「私にひとつ考えがある。うまくいけば最低限の予算で、きちんとした喫茶店を作り上げることができるかもしれないぞ」

「本当⁉　どんな方法なの？」

勢い込む僕に、来ヶ谷さんはいつもどおりの落ち着いた調子で答えた。

「うむ、発想の転換だ、少年。壊れたからといって、同じものを作り直さなければならないという縛りはない。設計図があるからといって、それを忠実に再現せねばならないという決まりもない。そういうことだよ」

来ヶ谷さんの考えはよく分からなかったけど、何か方法がありそうなので喫茶店の内装については一任することにした。

そして内装作りに必要なのはやはり人力ということで、来ヶ谷さんの手伝いには力仕事担当の真人と謙吾、体力的な面ではふたりに及ばないけど、一応男なので僕と恭介も作業に加わっている。

それ以外のメンバーは、食材やその他に必要な器具の買い出しに行くことになった。

「お〜い、理樹。カーテン用の布はもう余ってないのか？」

壁を飾り付けている真人にそう聞かれ、僕は部室の中を見回した。けど、それらしきものは見当たらない。

「ここにはないみたい」

「マジか、来ヶ谷が言ってた飾り付けを作るには、まだカーテンか何かの布が必要なんだけどな。あいつ、材料の余ってる量とかを考えてねえんじゃ……というか、その来ヶ谷はどこに行ったんだ？」

そういえばいつの間にか、来ヶ谷さんがいなくなってる。

「来ヶ谷だったらさっき、もうひとつの準備がどうとか言って、出て行ったぞ」

ふたり掛けのテーブルを運びながら恭介が答える。

もうひとつの準備——って、なんだろう？

「う〜ん……来ヶ谷さんのことは分からないけど、カーテン用の布は物置部屋に余ってるかも。ちょっと見てくるよ」

僕は真人にそう言って部室を出た。昨日運ばれてきた荷物のうち、余ったものは近くの空き部屋に置いてある。そして、その部屋の前に来ると。

『私にはちょっとサイズが大きすぎるかもしれません……』

『わぁ、クーちゃん、似合ってるよ～。かわいい』

『はっはっは。小毬君もよく似合っているぞ』

聞き慣れた声が、ドア越しに漏れ伝わってくる。どうやらクドと小毬さんと来ヶ谷さんがいるみたいだ。クドと小毬さんは、買い出しが終わって帰ってきてたのか。けど、こんな空き部屋で何やってるんだろう――そう思いながら、僕はドアを開けた。

「あ、理樹くん」

「少年か」

「わふーっ⁉」

そこにいたのはやっぱりクドと小毬さんと来ヶ谷さんで、予想どおりだった。

けど――。

三人の服装はまったく予想外で、メイド服だった。

特にクドはまだ着替え途中で……。

「ごめんっ！」

「だ、大丈夫です、リキ！」

クドは慌てて服の裾を下ろす。

『大丈夫です』と言ったけど、クドの頬は真っ赤になっていた。ノックして入るべきだったなぁ……。

「いったい何をしに来たんだ、少年？」

「あ、えっと、カーテン用の布が余ってないか調べに来たんだけど……どうしたの、このメイド服？」

「ああ、これは女子の制服用に私が用意したものだ」

「え……」

まさか、『もうひとつの準備』っていうのは、このことだったのか。

「せっかくこんなに女の子が集まったんだ、ウェイトレスの制服にだって凝った方がいいに決まっている。ほら、メイド小毬君とメイドクドリャフカ君だ、かわいいだろう？」

来ヶ谷さんの言葉に、無邪気な笑顔を浮かべる小毬さんと、まだちょっと顔が赤いままのクド。

「えへへ～、似合ってる？　理樹くん」

「わふー、そんなに見られると照れてしまいます～」

その姿は確かにかわいいと思う。思うけど！

「メイド服が制服って、大丈夫なのかな……？」

「何を言う、昨今の喫茶店では、メイド服はれっきとしたウェイトレスの制服のひとつとして、認められているのだぞ」

「そ、そうなの？」

一部の非常に限定された地域ではあるが、と来ヶ谷さんは頷いた。

「そもそもメイドとは、自らの主《あるじ》に誠心誠意尽くす存在だ。それは接客する者の態度にふさわしいと思わないか？　メイド服を着ることにより、まずは形からその精神を身につけるというわけだ。さらに特徴のある制服は集客力となり、売り上げの向上に繋がる」

来ヶ谷さんの言うことは一理ある——のか？

「でもこの服、高かったんじゃ……？」

予算的に大丈夫なんだろうか？

「安心しろ、少年。このメイド服は別に買ったわけじゃない。レンタルだからそれほど高くはないのだよ。ただ、一度に多く借りた方が割安になるから、ついまとめて十着ほど注文してしまったが」

「十着⁉」

寮長を含めても、うちの女子って七人しかいないのに⁉

「まぁ予備分だと思えばいいだろう。営業中に破れたり汚れたりした場合のためのな」

はっはっは、と僕の肩に手を置いて笑う来ヶ谷さん。

……いいのかなぁ、こんなことで?

物置部屋で余っていたカーテンを見つけて、三人と一緒に家庭科部の部室に戻ると、他の買い出しメンバーも全員帰ってきていた。テーブルの上には食材の入ったスーパーの袋がいくつも置かれている。

そして室内にいた全員が、僕たち——正確には、メイド服を着た小毬さん、クド、来ヶ谷さんに注目していた。

「その衣裳は?」

首を傾げる西園さんに対し、来ヶ谷さんは口元に笑みを浮かべて答える。

「女子全員分のメイド服を用意した。これが私たちの喫茶店——バスターズ・カフェの制服だ」

来ヶ谷さんはそう言って、持ってきていたメイド服を他の女の子たちにも手渡していく。

鈴、葉留佳さん、西園さん……僕。

——ぼ、僕!?

「来ヶ谷さん……どうして僕にもメイド服なのさ?」

「……着ないのか?」

「着ないよっ！」

＊　＊　＊

「メイド服……なるほど、その手で来たのね」と川越令。

「人数も増えて、店の修復も進んでるみたいだし」令の言葉に応えたのは渡辺咲子。

「もう奴らに出店なんて出来ないと思ってたんだけど、今のペースで行けば、明日までに修復が間に合いそう……」と中村由香里。

三人は今日もまた、家庭科部部室の外、窓の下にしゃがみ込んで隠れていた。

「むむ、これはまた油断できなくなってきたわ」令が腕を組んで唸る。「何か対策を打った方がいいかしら？」

「そうね……」

「う〜ん……」

そろって首を捻《ひね》る。

三人寄れば文殊《もんじゅ》の知恵というが、そう簡単にはいかないものだ。三人集まったくらいでいいアイデアが出るなら、この世から戦争も貧困もなくなるだろう。

もちろん普通に売り上げ勝負をしても、ソフト部がリトルバスターズに負けるはずはないと、彼女たちは思っている。しかし万全を期すならば、わずかな敗北の可能性さえも潰しておきたい——。

と、その瞬間、咲子の背中に毛で覆われた柔らかい棒のようなものが触れた。

「ぬおっ、ぬおっ」

咲子の背後にいる『何か』が、潰れたような奇妙な声で呼びかけてくる。しかし、彼女は現在、復活したリトルバスターズをどうしようかと熟考中である。敬愛する佐々美のために自分に何ができるのかと思案中である。正体不明の呼びかけなどにいちいち対応している暇はなく、咲子は完全に無視していた。

するとは今度は、咲子の背中に柔らかくて温かい感触があった。

「ひゃっ⁉」咲子は驚いて声をあげる。「な、何⁉」

咲子の背後にいたのは、栗色の小さな山だった。しかも、その山は動くのである。

「これ……」由香里が、令の背後にいるものを見上げながら言う。「ドルジ？」

その小山は、校内でも有名なドルジという生物だった。なぜあえて『生物』と曖昧な表現をしたかというと、それをなんの生物と位置づければいいのか分からないからだ。

一説には、猫と言われている。棗鈴などは猫と言い張っている。

しかし、一メートル前後はありそうな巨体、どこに手足があるのか分からないダルマのような体型。しかも鳴き方が「ぬおっ」とか「ぬお～～」である。猫というよりは変異種のアザラシではないか？　いや宇宙人が置き忘れたＵＭＡだ、いやいや鈴様が魔界から呼び出した魔物だ、などという自説を主張する生徒も多い。

「なんでドルジがこんなところに……」

　ドルジは温厚な性格らしいが、この巨体はさすがに圧迫感がある。令も栗色の巨体を見据えながら、じり、と後退ってしまった。

「こんなとこで何をやってるんだ、ドルジ？」

　と、そこに自らの使い魔が現れたことに気づいたのか、棗鈴が家庭科部の窓を開けて顔を出した。

「ぬおっ！　ぬお〜〜〜！」

「何、家庭科部を手伝いたい？　そう言えばお前は、りょーちょーとも仲がよかったな」

　どうやらドルジの言葉を、鈴は理解できているらしい。

「ぬお〜〜！」

「でもお前、その体でどうやって手伝うんだ？」

「ぬきゅうぅ〜……」

　ドルジは頭を下げて、声が小さくなる。落ち込んでいるようだった。

「お前はこっちの手伝いより、他の猫たちの面倒を見てやってくれ」

「ぬおっ！」

鈴の言葉に応えるように、ドルジは一際大きな鳴き声を上げると、ごろりと横にな
った。そしてドラム缶のように地面を転がりながら、どこかへ行ってしまう。

その一連の行動の中に、やはり猫らしさは微塵《みじん》もなかった。

「ん？　お前たちは……」ドルジが姿を消すと、鈴の注意が初めて令、咲子、由香里の
三人に向けられた。「何やってるんだ、お前ら？」

訝しげな視線と共に、いつものぶっきらぼうな男っぽい口調で鈴が尋ねてくる。

「な、なななななんでもありません！」

「そ、そうそう、なんでもないです」

「あなたには、まったく、ま〜ったく、関係ないことですから！」

令と由香里と咲子は慌てて立ち上がりながら、首と手をぶんぶんと振る。

「そうか……？」

疑わしげな顔を崩さない鈴に、三人は精一杯の作り笑いを向けつつ、後退る。

「では、私たちは忙しいので！」

まず令が踵を返し、咲子と由香里がその後に続く。

「？」

立ち去り際、令たちの視界の端には、疑問符を頭に浮かべる鈴の姿が映っていた。

窓から差し込む光は赤くなり始め、時計の短針が真下を指した頃——ついにそれは完成した。

＊　＊　＊

「すごい……本当にちゃんとした喫茶店になった……」

出来上がった内装に、驚きが言葉になって僕の口から漏れた。

初めに恭介が持っていた設計図とは所々が変わっている。壊れた六人掛けのテーブルは、安めの小さなテーブルをふたつ使うことで代用。壁の照明がいくつか壊れてしまったため、それらはむしろ取り外し、代わりに余っていた布から作ったリボンを飾り付けた。そのため室内全体の照明は少しだけ暗くなったが、その分落ち着いた雰囲気になって、元の店とは違う魅力が出ていた。

そしてこの内装を提案した来ヶ谷さん本人が、確認するように部屋を見回しながら、付け加えて説明する。

「まぁ、ビクトリア調の内装とでも言えば、それらしく見えるな。修復のコンセプトは、壊れたところを完全に直すのではなく、逆に他の部分を壊れた部分に合うよう、調整することだ」

そうすることによって、壊れた部分の装飾の少なさなどは、目立たなくなってしまう。まさに、木の葉を隠すなら森の中に隠せということか。

他のみんなも、あの状態からきちんとここまで修復できたことに驚いているみたいだった。そんな中で、恭介は予算の収支を書いたノートを取り出して開き、目でその数字を追っていく。

「……しかも、使った予算もかなり少ない。やるな来ヶ谷」

「新しく何かを買い足したのではなく、元からあったものを加工して使うのがメインだったからな」

事も無げにそう言ってしまう来ヶ谷さんを、改めてすごいと思った。

「わふ〜、これで明日は、ちゃんと出店できるのですね。よかったです、本当に」

クドはしみじみとつぶやいた後、来ヶ谷さんに深々と頭を下げた。

「さんきゅーべりーまっちなのです。ありがとうです、来ヶ谷さん」

「ふふ、店の土台となる形が出来上がっていたおかげだ。それほど大した作業ではなかったよ。礼の必要はない」

「でもでも、日本の風習では恩返しは重要だとおじいさんから聞きました！　鶴さんだって、自分の体の羽を使って恩返しをしていたのです」

「ほほぉ、それは——クドリャフカ君が体を使って、私に恩返しをしてくれるということかな？」

その時僕は、来ヶ谷さんの目が怪しく光るのをはっきりと見た……。

「はい！　もちろんなのです！」

「いやいやいや、待った」

きっと来ヶ谷さんの言葉の意味なんて分からずに頷いているであろうクドを、僕はなんとか引き留める。

「どうかしたのですか、リキ？」

汚れのない瞳で怪訝そうに尋ね返すクドに、なんと説明したものかちょっと迷ったけど、僕はなんとか口にする。

「……えっと、体を使わなくても恩返しをする方法はいくらでもあると思うんだ」

けどクドは僕の意図をつかめないらしく、頭に「？」を浮かべて首を傾げていた。

「なんだ、つまらんな。俺のクドに手ぇ出すと簀巻《すま》きにして海に沈めるぞファッキンモンキーが、とでも思ったか、少年」

いや、そんなこと思ってないけどさ、来ヶ谷さん……。

「まぁいい。私としては、みんながメイド服を着て店内を駆け回る姿が見られれば、それで満足だ。充分に今回の恭介氏のミッションに加わった甲斐がある」

……やっぱり来ヶ谷さんがメイド服を用意したのは、店の売り上げを考えたとかじゃなく私的な理由だったらしい。

「みんな、お疲れ様～」

そこに、今まで教室の中にいなかった小毬さんが襖から入ってきた。手にはカップケーキの載せられたお盆があった。

「お仕事の後にはやっぱり甘いものだよね。どうぞ召し上がれ～」

そんな小毬さんらしいことを言いながら、カップケーキとスプーンをテーブルの上に置いていく。

「おう、さっそくいただくぜ」

「やはー、これでこそ働いた甲斐があるってもんですヨ」

小毬さんの持ってきたカップケーキに、まずは真人と葉留佳さんが手を伸ばし、それから他のみんなも順次手に取っていく。僕もその中に加わった。

――うん、おいしい。

空腹ということも手伝ってか、充分においしかった。

他のみんなも満足そうにケーキを食べていて、それを見て小毬さんは自分もうれしそうな顔をする。これが小毬さんの言う『幸せスパイラル』なんだろう。

「ところで神北さん」

カップケーキを食べながら、西園さんがふと思い出したように尋ねる。

「このケーキは、いったいどうしたんですか?」

手作りという感じのケーキではなかった。そもそも小毬さんも店の修復を手伝っていたのだから、ケーキを作っている時間なんかなかった。

「うん。これはね～、向こうの道具置き場の部屋にあったものだよ」

「……何？」

小毬さんの言葉に反応したのは、恭介だった。

「ちょっと待った、神北。そのケーキは、明日お店で出すためのものじゃないか」

「え、そうなの⁉」

驚く小毬さんに、恭介はこくりと頷く。

「ああ。本当なら店で作ったものを出す方がいいんだろうが、材料から完全に自作するよりも市販のものに手を加えた方が安くなるんだ」

「そ、そうだったんだ……。ごめんなさい……」

小毬さんはがっくりと肩を落とす。

「あ、いや、まぁそんなに気にすることじゃない。どうせ店のメニューのひとつとして出すものだから、まだたくさん買ってきてあるしな」

けれど恭介の言葉に、小毬さんは首を傾げる。

「……でも、これだけしかなかったよ？」

「は？」

今度は恭介が驚く番だった。

全員総出で、物置に使っている空き部屋に行った。

カップケーキは、申し訳程度にたったひとつしか残っていなかった。

そして僕たちは、また家庭科部の部室に戻ってきている。

「人数分しか残ってなかったから、全員のお茶菓子用だと思ったんだよ」

小毬さんがそう説明する。

恭介が嘘をつく理由はないし……僕たちが食べた分以外のケーキは、いったいどこに行ってしまったんだ？

「これはミステリーの香りがしますヨっ！　消えてしまったカップケーキ！　完璧な密室！　そして崩せないアリバイ！」

葉留佳さんが立ち上がってそう言う。

「いや、密室もアリバイも、そんな要素は全然ない事件だけどさ……」

空き部屋のドアは鍵なんかかけていなかった。あの部屋は勝手に使っているだけだから、鍵をもらっていない。思えば、あそこに置いてあったものは、盗もうと思えば誰にだって盗めたってことになる。

不用心だった……このままじゃケーキという主戦力が減ってしまう。

「そういえば、ソフト部の奴らがいたな」

ふと思い出したように、鈴がつぶやく。

「ソフト部？」

全員の視線が、一斉に鈴に向いた。

「ああ。え～っと、名前は忘れたが、いつもささ子の周りにいるあの三人だ。この部屋の外で何かしてたみたいだったぞ。けど、話しかけたら慌ててどっかに逃げていった」

「怪しさ満点じゃねえかよ……」

鈴の言葉に、真人が呆れたように声を漏らす。

まさか、ソフト部が妨害のためにケーキを盗んでいった……？

「……だとしたら、許せん！　いくぞ、みんなっ！」

イスから立ち上がる謙吾の顔には、試合に臨む前のような迫力が備わっていた。

「け、謙吾!?　行くってどこに!?」

「決まってるだろう、ソフトボール部だ！　俺たちリトルバスターズを侮辱するような行為には黙ってられん！」

リトルバスターズジャンパーを翻し、謙吾は家庭科部から出て行ってしまった。

「行っちゃった……。どうしよう、恭介？」

「俺たちも行った方がよさそうだな。あいつひとりだと、どうなるか分からん。今の謙吾は、真人以上にバカなことをする可能性があるからな……。そもそも、謙吾はどこに行くつもりなんだ？」

「え、それはソフト部の部室じゃないの？」

「ていうか理樹、オレがバカってところは完全にスルーしてるよな……」

もちろん、そんな真人のつぶやきもスルーした。

「いや、今ソフト部は部室にいないだろ……。あいつらも今頃、出店準備をしてるだろうからな」

……それもそうだ。運動部の部室は、僕たちが使ってる野球部のもそうだけど、基本的に小さなプレハブ小屋だ。この家庭科部の部室と違って、そこで喫茶店を開くなんてことはできない。だったら、どこか別の教室を借りて出店しているはずだ。

「取りあえず、謙吾を追おう。あいつ、ソフト部の部室の前で呆然と立ち尽くしてるかもしれない」

僕と恭介は頷きあって、家庭科部から出る。その後に、鈴と真人も続いて来た。

「くっ、部室が開かん！　鍵をかけて籠城《ろうじょう》か!?　籠城作戦かっ!?　往生際の悪い奴らだ！　お前らがそこにいることは分かってるんだぞ！」

謙吾は部室の前で立ち尽くしたりはしていなかった。ソフト部部室のドアを開こうと、ノブをガチャガチャと回している。

謙吾は、部室に誰もいないってことにまったく気づいてないみたいだった。というか、籠城作戦とか変な方向に勘違いしてるし。

「どうしよう恭介。最近の謙吾は真人以上にバカだよ……」

「うむ……だがこれがあいつの本質だ。受け入れてやるしかない」

すがるような僕の視線に、恭介は悲しげな口調で応えた。

「っていうかお前ら、本当にオレがバカだってことを当然の前提にして話してるよな。いい加減に泣くぞ」

そういう真人の言葉も、当然僕たちはスルーした。

「謙吾、そこにソフトボール部の奴らはいないぞ。多分、別の場所で出店準備をしてる」

「何ぃっ⁉」

鈴の言葉に謙吾が振り返った瞬間、聞き覚えのある声が僕の背後から響いた。

「あら、そこにいるのは棗鈴……と、宮沢様⁉」

僕は声の方を振り返る。と、笹瀬川さんといつもの一年生三人組の姿があった。

「どうして宮沢様がここに⁉」

「……お前たちに、少し聞きたいことがあって来た」

「はい！　なんでも聞いてくださいませ！　す、スリーサイズでも……だ、大丈夫ですわ！」

笹瀬川さんが頬を赤らめて、勢い込んで答える。そう言えば、笹瀬川さんは謙吾に憧れているんだったっけ……。

「ささ子、お前なんか変だぞ」

「うるさいわね、お黙りなさい、棗鈴！」

鈴にそう怒鳴りつけておいてから、すぐに謙吾の前だということを思い出して、笹瀬川さんは「おほほほ」とごまかすような笑いを浮かべる。

「そ、それで、いったいなんでございますの、宮沢様。聞きたいことというのは？」

「俺たちの出店を、お前たちソフトボール部が邪魔しているんじゃないかという話を聞いたんだが……」

「俺たち？　邪魔？」

笹瀬川さんは、実は関西人はビームを放つことができるんだよ、とでも聞かされたかのような意外そうな顔をする。

「宮沢様も、棗さんの喫茶店に協力なさっているのですか？」

「ああ、もちろんだ」

「そうだったんですか……」

笹瀬川さんは落ち込んでいるようだった。謙吾と敵対関係になるのが気が進まないのかもしれない。

しかし、笹瀬川さんは首を横に振って、気を取り直すように謙吾に尋ねる。

「でも、『邪魔』というのはいったいどういうことですの？」

「俺たちが店のために用意していた食べ物がなくなったんだ。もしかしてそれは……」

「ま、まさか宮沢様は、わたくしたちソフトボール部がそれを盗んだとでもおっしゃりたいのですか⁉」

「……」

謙吾は何も言わず、ただ無言で笹瀬川さんを見つめた。

言葉にはしなくても、笹瀬川さんは謙吾の言いたいことを理解したのだろう、目を見開いて反論する。

「見くびらないでくださいまし。確かにわたくしたちは、棗鈴たちと——ひいては、宮沢様たちと闘うことになりましたわ。けれど、あくまで勝負は正々堂々。わたくしたちソフトボール部が、そんな卑怯な真似をするはずがございませんわ」

そして後ろにいる取り巻き三人に視線を向ける。

「そうでしょう、皆さん⁉」

「は、はい」

「も、もちろんです、佐々美様！」

「そうですよ！　せ、正々堂々ですよね」

三人は視線をあらぬ方向に泳がせたり、引きつったような笑いを浮かべたりしつつ答える。あからさまに挙動不審だった。

「お前たち、くちゃくちゃ怪しいぞ。怪しすぎて犯人確定だ」

「なっ⁉　ふざけないでください、棗鈴！　違うと言っているでしょう⁉」

下級生三人に疑いの目を向ける鈴を、笹瀬川さんはキッと睨みつける。

しかし――。

「お前たちが取ったことにならないと、こまりちゃんが困る」

あぁ……そうか。

その言葉で、鈴の気持ちが少し分かった気がした。カップケーキをみんなに振る舞ったのは、小毬さんだ。もちろん、そうやってみんなが食べた分よりも、誰かに盗まれたかどうかして消えてしまった分の方が遥かに多い。それでも、このままだと小毬さんが罪悪感を持ってしまうだろう。

だから鈴は、小毬さんのためにも犯人を見つけ出したいんだ。

「それに、店が開けなかったら、きょーすけも困る。クドも困る」

そして小毬さんだけじゃなくて、他の人のことも考えていた。

「し、知りませんわ、そんなこと！　それに、わたくしたちはやっていないと言っているのが分かりませんの？　だいたい、なんの証拠があって……」

「そいつらが、家庭科部の部室の近くをウロウロしていた」

鈴が、笹瀬川さんの後ろにいる三人を睨むようにして言った。鈴の視線に三人は、一瞬体をぎくりとさせる。

「あ、あれはただ……そ、そう！　庭を散歩していただけです！」

「そうです、ちょっと外を歩いてみようかなって思っただけです」

「家庭科部があそこにあったということさえ、知らなかったんですから」

確かにこの三人の態度は、ものすごく怪しい……。

「ほら、この子たちはやってないって言っておりますわ。それに、あなたがおっしゃっていることは単なる状況証拠。わたくしはこの三人の言うことを信じます」

笹瀬川さんはそう言って、鈴に背を向ける。

「それでは、失礼いたしますわ」

「佐々美様！」

先に立って歩き出した笹瀬川さんを追って、三人も僕たちの前から姿を消した。

「どうだった、理樹くん？」

家庭科部の部室に戻ると、ソフト部との顛末を葉留佳さんが開口一番に尋ねてきた。

「う〜ん……」

どう答えたものか迷う。あの三人の様子は明らかに変だったけど……。

「何言ってんだ、理樹。あんなの、あいつらがやったに決まってるじゃねえか。どう考えても、あの一年たちの様子はおかしかったぜ」

「真人の言うとおりだ。ソフト部が犯人で決定だ」

「そうだな、疑う余地はないだろう」

真人と鈴と謙吾の間では、もう完全に笹瀬川さんの取り巻きが犯人だという結論になっている。

でも、笹瀬川さんが言ったように、決定的な証拠があるってわけじゃない……。

「どうしよう、恭介?」

僕は恭介の方を見る。今まで恭介はずっと僕たちの先に立って、次に何をすればいいのかを教えてくれた。けれど——。

「店長はお前だからな。理樹が考えて、自分が正しいと思ったことをやればいい」

今回は、答えを教えてくれる気はないようだった。

「……うん、分かったよ」

ため息が出た。恭介にどういう考えがあったのか分からないけど、『店長』なんて役割を与えられてしまったせいか——恭介は、あくまで僕が指揮を執ることを望んでいるみたいだ。

僕は今の状況をもう一度よく考える。

……そして、決めた。

「みんな、聞いて」

僕の声に、部屋の中にいる人たち全員の視線がこっちを向いた。

「本当にケーキを盗んだのがソフト部でも、起こってしまったことはどうしようもないと思うんだ。だから、今ある材料だけでなんとかするか、別の方法を考えよう。幸い、ちゃんと喫茶店の内装は出来上がって、少なくとも出店はできるんだから」

僕の言葉に、室内に沈黙が落ちる。

やっぱりこんな具体性のない楽観的な提案じゃ、みんな納得してくれないかな……。きちんと犯人を見つけ出して、責任を追及する方がいいんだろうか。

でも僕の持っていたそんな不安と迷いは、みんなの苦笑いとため息とで、霞《かすみ》みたいに消え去った。

「分かったよ、理樹がそういうんだったら仕方ねえ」

「しょーがない奴だ。でも、そういうやり方は理樹らしい」

「ああ、そうだな。確かに、仕返ししたって何か返ってくるわけじゃないだろうしな」

真人と謙吾と鈴も納得してくれた。

「そうです！　お店は開けるのですから、まだオメイバンカイのチャンスはあります！」

いや、クド、汚名は挽回しちゃ駄目だと思う……。

「落ち込んでてもどうしようもない、か。そうだよね、おっけー。失敗はなかったことにしよー」

なかったことにするの⁉　その言葉をここで使うの、小毬さん⁉

「そうだな、いいだろう。ケーキがなくても、メイド服があるしな」

来ヶ谷さんは、みんなのメイド姿が見られればそれでいいんじゃないだろうか……。

「う～ん、個人的には犯人捜しやりたかったんだけどな～。理樹くんがそう言うんだったら、仕方ないね」

葉留佳さんは弱々しい苦笑を浮かべる。

「分かりました。そうですね、まだ学園祭は始まってもいませんし。ケーキの材料なら、他の部から借りられるかもしれません」

西園さんも、読んでいた本から目を上げてそう言ってくれた。

最後に、恭介も力強く頷く。

――そうだ、まだ学園祭は始まってもいない。まだ充分に、挽回のチャンスはある。

●本日までの収支合計

《支出》
前日までの赤字額…………………四〇〇五〇〇円
メイド服レンタル料………四〇〇〇〇円（四〇〇〇円×一〇着）
料理材料費……………………二〇〇〇〇円
内装設備追加費………………一〇〇〇〇円
小計　四七〇五〇〇円
《収入》
なし

合計マイナス四七〇五〇〇円也

＊　＊　＊

「宮沢様とケンカしてしまいましたわっ！」

ソフト部の部室から立ち去り、鈴たちから姿が見えなくなった後、佐々美は頭を抱えてしゃがみ込んでしまった。正確には直接的にケンカした相手は鈴であって謙吾ではないのだが、それに近い状態になってしまったのは確かだ。

「佐々美様……それは棗鈴と対決すると決めた時から、分かっていたことでは？」

「だって」咲子の言葉に、佐々美はしゃがみ込んだままヤケっぱちに答える。「宮沢様が棗鈴たちの仲間に加わっているとは思っておりませんでしたもの！」

確かに、元々謙吾は鈴たちの幼なじみでありながら、彼女たちとは一線を引いていた部分があった。

しかし、その宮沢謙吾像はあくまで過去のものである。

今の彼は――骨折して剣道部を離れて以来、鈴たちのメンバーと積極的に付き合うようになっていた。今や謙吾にかつての堅さやクールさはなくなり、令や咲子や由香里の目にはまるで別人のように見える。

遠慮なく言ってしまえば、バカっぽく見える。

しかし、佐々美の謙吾に対する想いは以前と変わっていないようだった。

「はぁ～……いったいどうすればよろしいのでしょう……」

佐々美は心底落ち込んでいるようだ。佐々美がそんな状態になっているならば、彼女を敬愛し、慕う者として三人は黙っていられない。

「大丈夫です、佐々美様！」真っ先に声をかけたのは令だった。「むしろ、これはチャンスですよ！」

「チャンス？」佐々美はうつむいていた顔を上げ、怪訝そうな視線を令に向ける。「どういうことですの？」

「吊り橋効果です！」由香里が勢い込んで答えた。「すなわち、今、佐々美様と宮沢先輩は対立状態！　先輩は常に佐々美様のことを意識せずにはいられないはず。そしてその対立意識が、ふとしたきっかけで恋愛感情へと昇華する可能性は大！」

「ドラマや映画などでも」咲子がさらにたたみかける。「対立するライバル同士に、恋愛感情や友情が芽生えるのはお約束！　必然です！」

「そ、そうね……」佐々美は、ゆっくりと立ち上がった。「それは吊り橋効果とは違う気がいたしますけど……確かに、そういう展開もあるかもしれませんわ！　それに、今回の勝負で宮沢様たちに勝利し、わたくしが家事なども完璧にこなせる家庭的な女性であることをアピールすれば、きっと宮沢様は……『ジュテーム、佐々美、キミを愛さずにはいられない』ということに……！」

佐々美の脳内では、宮沢謙吾がいったいどんな人物に変換されているのか――謎だった。

そもそも、昔のクールな謙吾ならばともかく、今のバカ化した彼のどこがそんなにいいのか、三人にはよく分からない。

「私は、むしろ棗先輩の方が……」

そうぽつりとつぶやいた由香里に、令と咲子が「え、何⁉」と驚いた視線を向けた。

そして由香里はぶんぶんと首を横に振って顔を赤くし、「な、なんでもない！」と答える。

「ところで、あなたたち」佐々美は背中を向けたまま、後ろにいる三人に問う。「本当に、棗さんたちの妨害工作なんて卑怯な真似は――していませんわよね？」

ぎくり、と三人は体を震わせる。

「も、もちろん、しておりません！」

「あ、あああんなものはきっと、棗鈴が私たちを陥《おとしい》れようとした言いがかりです！」

「そうです、卑怯な手など使わなくとも、わ、私たちが勝つのは確実なんですから！」

三人の声が重なる。しかし、言葉には勢いがあるものの、三人の視線は佐々美の目から微妙に逸らされ、あらぬ方角を向いていた。

その態度は、どう見ても怪しい。鈴や真人や謙吾のように、彼女たちが嘘をついていると考えるのが普通である。しかし――。

「分かりましたわ。ならばわたくしは、あなたたちを信じます」

笹瀬川佐々美は、そう言うのである。

高飛車な態度から他人を見下していると誤解を受けがちだが、彼女は自分の仲間のことを信用し、決して疑ったりはしない。こういう性格だからこそ、佐々美はソフト部内での信頼が厚く、後輩から慕われているのだ。

「では、行きますわよ」

佐々美はいつものように、三人の前に立って歩き始める。

そんな彼女の後ろ姿を見ながら、後輩たちはヒソヒソと囁《ささや》き合うのだった。

「はぁ……やっぱりあんなこと、やめておけばよかったかなぁ……」

「何言ってるの、たとえ佐々美様の主義に反したとしても、佐々美様の確実な勝利のために……」

「でも、これはバレたら大目玉ね……バレないようにしないと……」

＊　＊　＊

窓から差し込む赤い夕陽を浴びながら、彼女は廊下を歩いていた。

普段ならば各部活も活動時間を終え、部員たちが帰る準備を始めている頃だ。しかし、校内からは一向に人の気配がなくならない。

今日は学園祭の前日。そうなると、準備が遅れているグループの中には、学園に泊まって作業しようとする者が必ず出てくる。

それを防ぐため、彼女も学園が閉まる時間まで見回りを続けなければならない。

歩いている途中、教室の中にある壁掛け時計が、ふと視界の端に映った。時間はもう午後六時を過ぎている。定期連絡の時間だった。

彼女は携帯電話を取り出そうとポケットに手を入れ——。

「あ、そこにいるのは……」

その瞬間、背後から聞き慣れた声が。

振り返ると、そこにはマントと帽子と小柄な体が特徴の少女がいる。

「クドリャフカ……」

「はい！」

彼女の声にクドリャフカは明るく応えた。しかしその元気さに、彼女は少し違和感を感じる。というのは、彼女たちの喫茶店は内装が壊れて、開店することすら困難な状況のはずだからだ。それなのに、どうしてこんなに明るい顔をしていられるのか。

「クドリャフカ」その様子が不思議に思えて、彼女はつい尋ねてしまった。「お店の方の準備は、うまくいってるの？」

唐突すぎるきき方だったかと彼女は思ったが、クドリャフカは特に気にしていないようだった。

「わふ〜、心配してくれてありがとうございます。いろいろとトラブルはありましたが、大丈夫です。問題ありません」

「大丈夫って？」

「はい。お店の内装がちょっと壊れてしまったのですが……」クドリャフカは一瞬だけうなだれたものの、すぐにまた顔を上げる。「でも、来ヶ谷さんが直してくださったのです」

「来ヶ谷さんが……」

　彼女はその名前を聞いて納得した。来ヶ谷唯湖ならば、何か機転を利かせて問題を解決したとしても頷ける。

「はい。その他にも、実はメニューのために用意していたケーキがなくなってしまったのですが」クドリャフカはさらに続ける。「学食のおばさんとお話して、ケーキの材料に使えそうなものをもらえることになりました。なので、自分で作ればケーキも出せます。学食のおばさんには、三枝さんが頼んでくださいました」

「そう……」

　三枝葉留佳が手伝った——その事実が、彼女に複雑な思いを抱かせる。

「明日お店を出せるのも、来ヶ谷さんや三枝さんや、他の皆さんのおかげです。こういうのを、『持つべき者は友』っていうんですよね」

クドリャフカは笑顔でそう言った。

そう――この少女は前向きなのだ。問題が起こっても、現状を肯定するのだ。

そんなクドリャフカの様子を見ていると、彼女は自分のやっていることに後ろめたさを感じざるをえない。

（本当に、何をやってるんだろう、私は……。最低ね、最低……）

「では、お互いまだまだ、やらねばならないことはあると思いますので。私はお邪魔にならないうちにお暇《いとま》します」

クドリャフカは軽くステップを踏むように、彼女に顔を向けたまま後ろに一歩下がった。そしてぺこりとお辞儀をすると、回れ右をして早足に彼女の前から歩き去っていく。

その揺れるマントが見えなくなってから、彼女は小さくため息をついて携帯電話を取り出した。

「……落ち込んでても仕方ないわよね」

数回の電子音の後、通話が繋がる。

「もしもし？　……ええ。そうですか」受話器の向こうの相手に、今日のことについて聞く。「今日は何も……なるほど、分かりました。ところで、ケーキが……え？　違う？　そうですか、あなたじゃなかったんですか」

＊　＊　＊

「ええ、違うわよ。あたしがカップケーキを盗むなんて、そんなセコイことするわけないじゃない。……本当よ、本当！　……知らないわよ。……や、役に立たないスパイですって⁉」沙耶は受話器の向こうにいる人物に向かって声を荒らげる。「あたしは彼女たちを見張ってたんだから！　別の部屋に置いてあったケーキのことなんか知らないわ。……仕方ないでしょ！　むむ、スパイだって人間なのよ！」

沙耶がいる場所は、生徒たちが多く歩いている廊下。しかし、そのことは彼女の意識から、またもやすっぽり抜け落ちている。

「まったく」沙耶はため息をついて通話を切った。「ん？」

気が付くと、周囲には『何を叫んでるんだろう？』『スパイってなんだ？』と怪訝そうな瞳が、十以上……。昨日に引き続いて再び、通行中の生徒たちの注目を集めてしまっていた。

「あ、あははは……」沙耶は愛想笑いを浮かべる。「いや～、今日もいい天気よね～。太陽が眩《まぶ》しいわ」

窓から見える空は、既に暗くなり始めていた。一番星も輝いている。

「……」沙耶は上着の内ポケットに手を入れる。「……これ以上見てると、撃つわよ？」

本気の殺気が伝わったのか、周囲にいた生徒たちは「ひっ！」と息を飲んで、早足に逃げ去っていった。

「はぁ、まったく」周囲に生徒がいなくなった後、沙耶はもう一度、電話の相手に告げたものと同じ言葉を漏らす。「あたしが盗みなんてするわけないじゃない」

それにしても、と沙耶は思う。

（鈍いわね、あいつら。ああやってメモまで落として来たのに、あたしに気づかないなんて）

家庭科部の中にいた全員が役職決めをしている時、天井裏からメモを落としたのは沙耶だった。

本来ならば、そんなことは絶対にしない。スパイとは敵に存在を知られてはならないのである。

だから、敵に自分の居場所や正体を教えるようなヒントは絶対に残さない。

それなのに今回、彼女はスパイとしてあるまじき行動を取ってしまった。

その理由は……。

沙耶は頭を振る。なんだかその先は、考えてはいけないような気がした。

第三章
バスターズ・カフェへ ようこそ

喫茶店の内装が壊れたこととか、カップケーキがなくなったこととか……いろいろ問題は起こったけど、取りあえず学園祭一日目、僕たちは店を開くことができた。

でも——。

「来ない……」

「来ねえな……」

「来ませんね……」

小毬さんと真人とクドの口から、同じ意味の言葉が漏れた。

僕は家庭科部の部室を見回す。今はもう、以前の和室の面影も残っていない洋風カフェだ。一昨日の段階では内装が半壊していたんだから、そこからここまで持ち直したのは、正直すごいと思う。

でも、部屋の中には席についている人の姿はまったくなかった。

つまり、お客さんはゼロ。

内装がよくできている分、この状況は余計に寂しい感じがする。

「う〜ん、本当に来ないわね……」

首を傾げたのは寮長だった。今日は開店初日だからと言って、わざわざ見に来てくれていた。

「率直に言ってお店の見栄えは去年よりもいいくらいだし、お客が来ない理由が分からないわ」

「うむ、寮長の言うとおりだ。まったく、理解に苦しむ」

来ヶ谷さんが腕を組んで同意する。この内装を作った本人としては、これだけのものを作ったのにお客がまったく来ない状況は納得できないんだろう。

来ヶ谷さんは心底理解できないというように、眉間にしわを刻んで言葉を続けた。

「見てみろ、理樹少年。ここで働いているのは、こ～んなにかわいい女の子たちだぞ。しかも全員がメイド服でお出迎えだ。にもかかわらず、どうして男たちはこぞってやって来ないんだ？」

内装のことで怒っているわけでは全然なかった！

来ヶ谷さんの言うとおり、この喫茶店はお客の前に出て行くウェイトレス以外にも、キッチン係まで全員がメイド服姿だった。

『せっかくあるのだから、全員が着るといい。使っても使わなくても、今さらレンタル料は変わらないしな』とは来ヶ谷さんの言だ。それで、元々ウェイトレスとして着る予定だった鈴と葉留佳さんにくわえ、メイド服に興味がありそうだった小毬さんとクドが着用。そうなると、『全員メイド服にした方が統一性があっていい』と恭介が言い出して、西園さんも着替えることになった。

鈴なんかは『こんなん着れるかボケーッ！』と、毛を逆立てるようにして怒っていたけど、恭介の『今の状況でひとりだけ制服のままなのは、逆に目立って変だ』という言葉と、小毬さんの『りんちゃんも一緒にメイドさんのお洋服着ようよ〜』という誘いで、不承不承メイド服に袖をとおすことに。

来ヶ谷さんは最初っから、こういう展開になることを予想して大量のメイド服を借りたんじゃないだろうか……。

そして喫茶店の表にはいつの間にか、はっきりと『メイド喫茶　バスターズ・カフェ』と書かれた看板が掲げられていた。

きっと恭介か来ヶ谷さんがやったんだろう。

「まったく。このかわいいメイドたちに見向きもしないとは、この学校の男子どもは真人少年と言い、謙吾少年と言い、恭介氏と言い、男にしか興味のない連中ばかりか⁉」

「いや、なんでそこで恭介たちが真っ先に例に挙がるのか分からないけど……」

憤慨《ふんがい》する来ヶ谷さんに、思わず僕はツッコミを入れてしまう。しかし、それに答えたのは背後からの声だった。

「言わずもがなですね」

ちょっとびっくりして振り返ると、そこにいたのは西園さんだった。

「恭介さんと井ノ原さんと宮沢さんの、直枝さんに対する態度を見ていれば、誰だってそう思います。ええ、誰だってそう思います」

二回も言われてしまった。

いや、よく分からないんだけどさ……。

西園さんにどういうことか聞こうとした時、それより先に焦った声が部屋に飛び込んできた。

「理由、分かったよ！　なんでお客さんが来ないのか」

ドアを開けたのは葉留佳さんだった。

「みんな、来て！」

さすがに全員が喫茶店から離れるわけにはいかないので、葉留佳さんに付いていくことにしたのは僕、真人、西園さん、鈴、来ヶ谷さんの五人だ。

「──というか、なんで鈴が来てるの⁉　接客係だったら、一番家庭科室にいないといけないのに！」

葉留佳さんの後に続いて走りながら、僕は鈴に目を向ける。

「こっちの方が面白そうだからだ」

い、いやいやいや……。

どうやら鈴は、かなり給仕係をやりたくないらしい。

鈴は人見知りだからなぁ……。

かといって料理もできないから、この役になったんだけど。

「ここだよ！」

葉留佳さんが、廊下の曲がり角を折れた所で立ち止まる。

そこにあった光景は──。

「なんだ、こりゃあ？」

真人が目を細める。

その教室の出入り口には、人だかりが出来ていた。室内に入りきれなかった生徒たちは、廊下で雑談をしながら順番待ちをしている。

人だかりの先にある看板には『カフェ・ＳＳＳ』と書かれていた。どうやら僕たちと同じく喫茶店をやっているらしい。

「なるほど……そういうことか。私たちの店に来る前に、ここに客を全部持って行かれているのだな」

来ヶ谷さんは腕を組んだまま、鋭い視線で喫茶店の人だかりを見ている。

と、その時、この数日ですっかり聞き慣れたあの声が聞こえた。

「そこにいるのは──棗鈴！」

「お前は——するめ!」

「佐、々、美！　もはや頭文字の五十音の行しか合っておりませんわ！」

そんな水戸黄門の印籠のようないつもどおりのやりとりがあって、姿を現したのは笹瀬川さんだった。

笹瀬川さんは体操服の上に、猫のイラストがプリントされたエプロンをつけている。その後ろにはいつもの一年生三人組がいて、そっちもみんな体操服の上にエプロン姿だった。

「なんでここにいるんだ、お前は？」

鈴の疑問に、笹瀬川さんは見下すような笑みを浮かべて答える。

「なぜ、ですって？　そんなこと、言うまでもないでしょう？　それは——ここが我々ソフトボール部の喫茶店だからですわ！」

「え!?」

僕は驚いてさっきの看板をもう一度見てみる。すると確かに、看板の下端に『ソフトボール部喫茶店』と書かれていた。

「そんな……ソフト部はもうこんなにお客さんが集まってるんだ……」

誰ひとり来ないうちの喫茶店とは、雲泥の差だった。

CAFE
SSS

「お〜っほっほっほ！　棗さん、あなた方との勝負、早くも決着がついたようですわね！」

「勝負あり、ですね」

「これがソフト部とあなた達との違いです！」

「ちなみに、『SSS』は『ささせがわ』のSSSです！」

笹瀬川さんに続いて、一年生三人も勝ち誇る。命名由来は心底どうでもいいけど、この状況は確かにまずい。

「では、わたくしたちはあなた方と違って忙しいので、失礼させていただきますわ」

ツインテールを揺らして僕たちに背を向け、笹瀬川さんはソフト部喫茶店の中に入っていってしまう。

「ちっ、相変わらずいけ好かねえヤツだな。ケーキを盗むようなセコイ真似して俺たちを邪魔しやがったくせによ」

「まったくだ」

「卑怯だよ、あいつら」

鈴と真人と葉留佳が不機嫌さを露わにする。

「理樹、なんとかしろ」

そう簡単に言われてもなぁ……。そもそも、なんでソフト部の店はこんなにうちの店と違いがあるんだろう。

……あ。

「少年も気づいたようだな」

後ろから話しかけてきたのは来ヶ谷さんだった。僕は肩を落としてうなだれながら、その言葉に首を縦に振る。

「あん？　どういうことだ？」

「？」

怪訝そうな顔をする真人と西園さんに、僕は気づいたことを説明する。

「よく見たら、ソフト部の喫茶店に来ている人って、みんなチラシみたいなものを持ってるね」

僕の言葉に来ヶ谷さんは頷いた。

「そのとおりだ。私も今思い出したんだが、我々の喫茶店は、宣伝をまったくしていなかった。それでは、家庭科部で喫茶店をやっているということ自体、生徒たちは知らないんじゃないか？」

元々、家庭科部は人数が集まらなくて出店できない見込みだった。だから余計に僕たちの店のことを知っている人は少ないはずだ。

喫茶店をなんとか開ける状態にすることばかりに意識が向かっていて、宣伝のことなんて考えてなかった……。

「それに、ソフトボール部は部員数が多い。部員それぞれがクラスメイトや友人に自分たちの店のことを話すだけで、相当な宣伝効果を持つだろう」

来ヶ谷さんの指摘は的を射ている。

それに、地理的な問題もある。

家庭科部は女子寮の奥という目立たない場所にあり、たまたま通りすがった人が来るような場所じゃない。

それに対してソフト部の喫茶店は、ちょうど家庭科部への通り道にあるから、客にはまずこの店が目につく。

「僕たちも何か、宣伝活動をしないと……でも、今からチラシとかを作っても間に合わないし……」

ここまでソフトボール部に集まってしまった生徒たちを引き寄せるには、相当な宣伝を打たないといけない。

そうでないと、笹瀬川さんたちとの勝負に負けてしまう……。

「直枝さん」

考え込んでしまった僕に、西園さんが静かな落ち着いた口調で声をかけてくる。

「わたしにひとつ、案があります。協力してもらえますか？」

僕を見つめる西園さんの瞳は透き通っていて、何か真剣なことを告げられる予感がした。

僕は中庭を走りながら自分の働く喫茶店に向かっていた。買い出しに行った物を早く届けるためだ。

けれど唐突に壁にぶつかったような衝撃があって、僕は尻餅をついてしまう。

「いたた……」

「大丈夫かい、リトルボーイ？」

僕が地面に打ち付けたお尻をさすっていると、目の前に手を差し出された。どうやらこの人にぶつかってしまったらしい。

「あ、ありがとうございま……」

その手を取ろうとして顔を上げ――ぶつかった相手を見て、僕は我が目を疑った。

「まさか、謙吾様？」

「お前は……理樹か？」

その人も、僕の姿を見て信じらないとでも言うように体を硬直させていた。

そう、僕がぶつかった相手は――一年前まで僕がお仕えしていた主《あるじ》――宮沢謙吾様だった。

「今までどこにいたんだ、理樹？　お前がいなくなってから、俺はお前をずっと探していたんだぞ」

「やめてくださいっ！」

僕は腕を掴もうとする謙吾様の手から逃れ、自力で立ち上がった。

「そんな……なぜ俺を拒むんだ？」

謙吾様の顔が悲しみに歪む。

僕はそんな謙吾様の顔から目をそらし、そっぽを向いて告げた。

「もう、僕の主ではないのですから。僕のことは、忘れてください」

「な、何を……何を言ってるんだ、理樹？　まさかお前は、俺のもとを離れようというのか？」

僕は目をそらしたまま、無言で頷く。

「バカな……。お前が俺のことを、俺の体を忘れられると思っているのか⁉」

謙吾様が強く僕の腕を掴み、無理やりに体を引き寄せようとする。

「や、やめて……」

「何やってんだ、てめえ！」

その瞬間、僕の背後から力強い声が響いた。

振り返るとそこにいたのは、真人様だった。

「誰だ、あいつは……⁉」

謙吾様の手の力が弱まる。

その隙に、僕は束縛から逃れて真人様のもとへ駆け寄った。

真人様は胸に飛び込んできた小鳥を守るように、そっと僕の体を抱き寄せ、そして謙吾様を睨み付ける。

「こいつはもう、バスターズ・カフェの——いや、オレのものなんだよ、手を出すんじゃねえ……。行くぞ、理樹」

「真人様……」

僕は真人様の胸にそっと寄り添《そ》う。

そんな僕たちを、謙吾様は青ざめて見つめていた。

「ど、どういうことだ……理樹⁉」

僕はその問いかけに答えず、真人様と一緒に謙吾様に背を向けた。

「バスターズ・カフェか、覚えたぞ！」

挑むような謙吾様の声が、辺り一帯に響き渡る。

「俺は必ず行くぞ、バスターズ・カフェに！　理樹、お前を奪い返しに行く……！」

そして謙吾の言葉の直後に、「ちゃらり～♪」という安っぽいＢＧＭが流れた。

『そこは大切なものに出会える場所——家庭科部主催、バスターズ・カフェ。家庭科部部室にてオープン中です。皆様ぁ、どうぞお越しくださいませ～』

スピーカーで拡張された小毬さんの声が、中庭全体に響きわたった。

「すばらしいです、直枝さん。パチパチ」

拍手をしながら口で音を演出しつつ、西園さんが僕たちのところにやってくる。

さっきまで謙吾と真人と僕でやっていたのは、喫茶店のＣＭだった。

「というか、なんでこんな内容のＣＭなの、西園さん⁉　喫茶店とまったく関係ないような気がするんだけどっ！」

このＣＭを提案し、脚本まで作ったのは西園さんだ。

「大丈夫です。ＣＭなんて内容よりもインパクトです。とにかくインパクトを強くして、皆さんに注目してもらおうという計画です。見てください、周りを」

西園さんに言われて周囲を見回してみると、中庭にいた生徒全員がこっちを見ていた。

「大声であんなわけの分からない小芝居をやれば、それは注目されるだろうが……」

「あんなもん、ＣＭと呼べるのかよ……」

僕と同じく出演させられた謙吾と真人も、納得していないように訝しげな視線を西園さんに向ける。

「それより来ヶ谷さん、ちゃんとビデオに撮ってもらえましたか？」

西園さんの言葉に、来ヶ谷さんが草むらの中から出てくる。その手にはビデオカメラが構えられていた。

「ばっちりだ。最高画質で録画しておいた」

「何に使うつもり、そのビデオ⁉」

けれど、僕の問いかけに対する答えはなかった。

＊　＊　＊

その時、たまたま中庭にいた人物の中に、笹瀬川佐々美とその取り巻き三人組がいた。

ソフトボール部の部室に置いていた荷物を取りに行った帰りである。

『こいつはもう、うちの喫茶店、バスターズカフェの——いや、オレのものなんだよ、手を出すんじゃねえ……。行くぞ、理樹』

『真人様……』

遠くで繰り広げられる、理樹、真人、謙吾のBL風CMを見ながら、佐々美はがっくりと膝をついた。

手に持っていた、喫茶店で出すデザート用のフルーツ缶詰が、ゴロゴロと地面を転がっていく。

　しかし、今の佐々美にはその缶詰を追う気力もなかった。

「そ、そんな……や、やっぱり宮沢様は直枝理樹のことを……」

『やっぱり』という言葉が出てきてしまうあたり、佐々美も心のどこかでは『そんなこともあるだろう』と思っていたのかも知れない。

「佐々美様！　気を確かに！」

「だ、大丈夫です、きっとあれは何かの間違いです！」

「しっかりしてください、佐々美様！」

　取り巻き三人組の言葉も、今の佐々美には届かない。そのため、ＢＬ風ＣＭの後に響き渡った小毬によるナレーションも聞こえていなかった。

「気をしっかり持ってください！　こんな時こそ、こんな時こそ真実の愛が試される時ではありませんか⁉」

　立ち上がる気力すらない佐々美を見るに堪えず、血を吐くような声でそう言ったのは、川越令だった。

「真実の……愛⁉」

　その言葉が、佐々美の頭に電気のように奔《ほとばし》った。

「そうです、真実の愛ですっ！」令は言葉を続ける。強く、強く、佐々美の心に響き渡るように。「佐々美様、愛とはなんですか？　佐々美様はいったい宮沢先輩のどこを愛したのですかっ⁉　例えば、宮沢先輩が明日から頭をアフロにしてアニメの美少女Tシャツを着て来たら、佐々美様は宮沢先輩をお嫌いになるのですかっ⁉」

「アフロにアニメの美少女Tシャツ……」佐々美は想像し、一瞬怯む。しかし。「いいえ！　嫌いになどなるはずがございませんわ。その程度のことで、宮沢様の魅力がなくなるわけではありませんから！」

「だったら」令の後に続くのは咲子。「だったらこんな時、真実の愛が為すべき事はひとつ——！」

「為すべきこと……。それは⁉　それはなんでございますのっ⁉」

「それは……」最後に由香里が答える。「宮沢先輩を、正しい道へ連れ戻すことです！　佐々美様の魅力と愛の力をもって！」

「あ、ああ……」佐々美はまるで神託を受けた預言者のようにつぶやく。「そうですわ。わたくしが宮沢様に正しい愛を教えてさしあげればいいのです。殿方ではなく、女性の魅力を！」

「そうですっ！」

令と咲子と由香里の声が重なる。

「目からウロコが落ちましたわ……」佐々美はふっ、と軽く微笑んだ。「まさか後輩に教えられることになろうとは……あなた方も、成長しましたわね」

「佐々美様……っ！」

三人はがばり、と抱き合う。

「分かりました。あなた方から教えられたことを、わたくしは心に留めて二度と忘れませんわ。そして誓いましょう――必ずや、宮沢様を正しい愛の道へ連れ戻す、と！」

「はいっ！」

「それでこそ、佐々美様です！」

「私たちが敬愛する、佐々美様です！」

「あなたたち……！　わたくしは、幸せ者ですわ……こんなに温かい後輩を持って……」

抱き合い、涙を流す四人のソフトボール部員たち。

中庭ではとっくに理樹、真人、謙吾によるＣＭは終わり、その場にいた生徒たちの注目はすべて佐々美たちに向いていた。


――その後。

家庭科部とリトルバスターズによる喫茶店は一部でＢＬカフェと呼ばれるようになったが、一方でソフトボール部による喫茶店は密かにＧＬカフェと呼ばれていたという。

思ってたんだけど。

＊　＊　＊

西園さんが提案したCM――正直、あんなものが宣伝になるのかなぁ、なんて僕は思ってたんだけど。

「ここよ、CMの喫茶店！」

「なるほど……噂のBLカフェね」

「やっぱりあの三人って、そういう関係だったのね……。私は、実は直枝くんの方が攻めだと思ってるのよ」


そんな声が喫茶店の出入り口から聞こえる。

僕が攻めって、なんのことだろう？

あのCMは意外にも効果があったのか、店の前に何人かの客が集まるようになっていた。今は入ろうか入るまいか、少し迷っているところだろうか。

「やってくるの、なんでか女の子ばっかりね……」

寮長は苦笑を浮かべながら、恭介の方を見る。

「客層に偏りがあるような気がするが、とにかく客が入らないと経営も成り立たないからな。取りあえずはこれで始めるしかないだろう」

恭介は少し苦い顔をしながらも頷く。

「それじゃ、みんな配置についてくれ。バスターズ・カフェは、今からがスタートだ！」

恭介の言葉を合図とするかのように、店の外にいた女子生徒ふたりが店内に入って来る。

「へい、らっしゃいっ！」

最初のお客に真っ先に駆け寄ろうとしたのは、葉留佳さんだった。

その瞬間、「ブブー！」という音が響く。来ヶ谷さんが手に持ったブザーのボタンを押していた。

そして黄色いカードをつき出す。

「今のは反則。イエローカード一枚」

「ええ～？」

葉留佳さんが困惑顔を浮かべる。

「ちなみに、イエローカード五枚で退場だ。葉留佳君、私が手本を見せるから、そのとおりにやってみるといい」

そう言って、来ヶ谷さんがお客の前に出てくる。

「お帰りなさいませ、お嬢様方。こちらへ」

一礼してお客をふたりがけのテーブルへ案内する来ヶ谷さん。

その仕草は、服装とあいまって映画か何かに出てくるメイドさんのようだった。

女子ふたりが席に座っている間に、来ヶ谷さんは素早く水とメニューを運んでくる。

「失礼いたします」

テーブルの上に水を置き、膝をついてメニューを差し出す。

「では、ご注文がお決まりになりましたら、そちらのベルでお呼び下さい」

テーブルの端には、これまた映画に出てくるような、鈴の上に取っ手を着けたベルが置かれている。

そして来ヶ谷さんは立ち上がって再び一礼すると、僕たちのいる店の奥へと戻って来た。

「なるほど。『へい、らっしゃい！』じゃなくて『お帰りなさいませ』なんですネ！」

「うむ、そういうことだ」

来ヶ谷さんは頷く。

「葉留佳さんの『へい、らっしゃい』は論外だけど、『お帰りなさいませ』はいいの？」

メイド喫茶だし、こういうのもアリなのかな？

「アリだ。いや、むしろこうでなければならない」

来ヶ谷さんは強く断言した。

う～ん……ちょっと考え込んでしまっている間に、次のお客が入ってきた。人数は三人で、全員やはり女子だった。

「よし、では次は鈴君、行ってみたまえ！」

鈴は頷くと三人の客の前に出る。そして見定めるように一瞥した後、言った。

「よく来たな、お前ら」

僕は思わず腰が抜けて倒れそうになった。

鈴、それじゃあウェイトレスというより、敵を待ちわびる悪人みたいだよ……。

「鈴くんはイエローカード一枚。というより、私の話を聞いていたのか、あの子は」

来ヶ谷さんは鈴の様子を見ながら、ちょっと呆れ顔でつぶやく。

その間も、鈴の接客は続く。

「人数は三人だな。だったら、こっちへ来い」

鈴は三人のひとりひとりに不躾《ぶしつけ》な視線を送ると、くるりと背を向けた。お客たちは鈴について行きながら、明らかに戸惑った表情を浮かべている。

来ヶ谷さんは無言で二枚目のイエローカードを差し出した。

テーブルについたお客に、鈴はメニューを差し出す。しかし、そこで動きが止まる。

「どうやら、水を持ってくるのを忘れたらしいな。こんな時、普通ならメニューを先に渡して水を取りに帰るところだが……」

水を忘れたことに三枚目のイエローカードを出しながら、来ヶ谷さんがつぶやく。

僕も鈴の動向に注目する。さぁ、鈴はどう動く……？

「……水は、欲しければ自分で取りに行け。うちの店では水はセルフサービスだ」

えええ⁉　いつからそうなったの⁉

「あ、はい……」

お客三人は、さらに戸惑いの表情を浮かべながら頷いていた。

「鈴君が給仕係というのは、どう考えても配役ミスのような気がしてきたぞ……」

来ヶ谷さんが四枚目のイエローカードを出しながら言う。

そうしている間に、鈴は挨拶せずに無言でテーブル席に背を向けて、店の奥に戻ってきた。来ヶ谷さんが五枚目のイエローカードを出す。

「ふぅ～、完璧だった」

一仕事終えた、といった感じで、鈴は額の汗をぬぐう。

いや、全然完璧じゃないから、鈴。

「取りあえず、鈴君は反則退場だな」

「何ぃっ⁉　なんでだ、くるがや⁉」

鈴は開始一分で退場。と思ったら、そこに喫茶店の出入り口から声がかかった。

「ちょっと待ったぁっ！」

喫茶店の出入り口に立っていたのは、ふたりの男子だった。

「鈴様を追い出すなんてとんでもない！　鈴様こちらへ！　是非接客をお願いします」

突然現れた男子生徒たちに、鈴は困惑を露わにする。

「なんだ、お前ら。キショいぞ」

そしてよりによって出た言葉がそれだった。鈴の言葉遣いは分かっているけど、それを言ったらお客さんは怒るだろう——。

「強気でぶっきらぼうなメイド、すばらしいっ！　それでこそ鈴様だ！」

むしろ喜んでいた！

「普段は誰とも馴れ合おうとしない人付き合い下手な少女が、慣れないメイド業に不本意ながらも参加する！　それが萌えのひとつの答え……！　鈴様、万歳！　万歳！」

男子客ふたりは、鈴の周りで万歳三唱を始める。

「恐いわっ！　こっち来るな！」

鈴はむしろその状況に怯えていたけど。

その様子を見ながら、来ヶ谷さんが感心したようにぽつりとつぶやいた。

「萌えというのは……奥が深いな。ひとつ学んだよ」

いや、すごくいらない学習だと思う、それ。

……なにはともあれ、鈴の接客は（一部の）男子に人気があるようなので、給仕役を続けることになった。

今の給仕役は鈴と小毬さんと葉留佳さん、調理役はクド、来ヶ谷さん、西園さん、寮長という布陣になっている。僕たち男性陣は、それぞれで調理や接客の補佐役だ。

時間が十一時を回ったあたりからお客も増えてきて、初めは女子ばかりだったお客も、今や半分は男子だ。

「まぁ、元々女子店員の容姿や服装を考えると、男子受けする店だからな」

恭介が理樹に話しかけてくる。しかし、その顔にはわずかに苦渋の表情が浮かんでいた。それもそのはずだ。確かにお客は増えた。やっと喫茶店としてうまくいくようになってきた。でも――。

ガシャーンッ!!

「うわ、お皿が!?」

小毬さんが何もないところで躓《つまず》いて、回収しようとしていた皿を床に落としてしまう。

「ご、ごめんなさい～」

「大丈夫!? 危ないから手で破片を取ろうとしないでね、小毬さん」

僕は箒とちりとりを持ってきて、割れた皿を片付ける。

そんなことをしている間にも、一方で別のところから不満の声が上がった。

「あの～、私が注文したのはコーヒーよ。紅茶が来てるんだけど」

「え⁉　すみませんっ！」

　どうやら葉留佳さんが間違えて持って行ってしまったらしい。

「紅茶、今持っていきますヨ！　もう少々お待ちください！」

　ガッ、ガチャ、バシャッ！

「熱っ⁉」

「うわ、紅茶が⁉　ご、ごめん！」

　葉留佳さんが紅茶をこぼし、お客の服にかかってしまう。

「大丈夫ですか、お客様⁉」

　恭介が慌ててテーブルに駆け寄った。

　その一方で、また別のテーブルから店員を呼ぶ声が上がる。

「お～い、こっちの注文、まだぁ～？」

「今、行くから待ってろ」

　ガチャ、ゴトン！

「あ」

　鈴はインテリアとして置いてあった観葉植物の鉢に足を引っかけて、ひっくり返してしまう。

MENU

そしてまた別の場所から陶器の割れる音が響き、小毬さんの声が上がる。

「ま、またお皿が⁉」

──店内はこんな風に、かなり混沌《こんとん》とした状態になっていた。

特に給仕係のミスが多いみたいだ。みんなまだ仕事に慣れていないせいだろう。僕たち男子陣営の仕事のほとんどは、落ちて割れた皿やその他の片付けだった……。


そして午後三時を少し過ぎた頃。

この時間になると、客の数もお昼ご飯時に比べるとずいぶん少なくなる。初めのうちは鈴と小毬さん、葉留佳さんという給仕役のミスが続いたが、客が少なくなってくると調理係の来ヶ谷さんや西園さんもウェイトレスとしてフロアに出てくれて、全体のミスはかなり減った。

「結局、神北さんや三枝さんがミスばかりしてたのは、仕事に慣れてなかったせいで、しかも客が増えて焦ってたからでしょうね」

キッチンからフロアの方を覗き込みながら、寮長がそうつぶやく。確かにそのとおりだと思う。

そんな中、恭介がキッチンの端で何かのノートを睨み付けながら、唸っていた。

「どうしたの、恭介？」

僕は恭介の肩越しにそのノートを覗き込む。どうやらお金の収支帳のようだった。

恭介は僕の方を振り返るけど、やっぱりその顔は険しいままだ。

「確かに客が増えて収入は増えているが……まだ赤字だ。やっぱり、最初のうちにミスを連続したのが痛かったな」

皿や料理の材料だって、ただってわけじゃない。それに、料理をこぼしてお客の服を汚してしまった場合、クリーニング代も払わなければならなかった。

「それに、時間的に客が多くなるピークは過ぎた。これからの来店客数を予想すると、このままだと今日は赤字のままで終了になってしまう」

「え？　そうなの……」

ミスは多かったけど、みんな頑張っていた。それなのに赤字なんて……。

「ふむ、確かにそうだな」

「来ヶ谷さん？」

いつの間にか来ヶ谷さんが後ろに立っていた。僕たちの話を聞いていたらしい。

「確かにこのままでは赤字だが――仮に、これから学園中にいる男子生徒と、外部から来た男性、そのすべてがこの喫茶店に殺到したらどうだ？　しかも、客ひとりあたりに使う金額は平均して千円以上になるだろう」

「学校中の男がだと？　ちょっと待て」

恭介は喫茶店の収支を記録しているメモ帳をポケットから取り出し、計算し始める。

そしてその計算結果を見ながら、眉間にしわを寄せてつぶやいた。

「うちの男子生徒数がこれだけで……外部から来ている男の数は……それがひとりあたり平均してこれだけ払うとして……余裕で黒字だ」

「でも、そんな方法があるの？　学園中の男子なんて、難しい気がするけど」

しかし、来ヶ谷さんはあっさりと答えた。

「ああ、できるとも、少年。ただし、最初にほんの少しだけ投資金が必要だが。つまり、こうすればいいんだ」

来ヶ谷さんは僕と恭介にその作戦をそっと話す……。


「来ヶ谷さんを一枚」

「俺は……迷うけど、西園さんのを」

「マニアックな趣味だな、お前。俺は鈴様のを」

「私はクドちゃんのをお願い～」

「そうだな……俺は神北さんので」

お客が店を出て行くたびに、カウンターからそんな声が聞こえる。

その理由は、カウンターで渡している写真だった。メイド服姿の鈴、小毬さん、クド、来ヶ谷さん、葉留佳さん、西園さんの生写真がそれぞれ三種類ずつ、そしてなぜか恭介の写真も一種類だけ混ざっている。ちなみに寮長は「私は用事があるから～！」と言って逃げてしまったので写真はない。
「どうだ、少年？　かなり効果的だろう」

「うん……思った以上だよ」

僕と来ヶ谷さんは、カウンターで写真をもらって出て行く客の姿をキッチンから見ている。

来ヶ谷さんの案というのが「来店していいただいたお客様に、生写真を一枚プレゼントしてはどうか？」というものだった。

——意外にもこれがかなりの効果で、お客の数が一気に二倍以上に増えた。

そのほとんどは男子のリピーター。写真を一枚以上手に入れるために、何度も店を訪れているらしい。驚いたのは、女の子全員分の写真を集めるために五回もやってくる客がいたことだ。

学園生だけじゃなく、外部から来たお客にも写真サービスは大人気だった。外部の人は普段学園内に入ることができないので、何種類も写真をもらおうとする客が特に多いようだ。

平均してみると、各男子二回は店を訪れている。しかも、写真を手に入れるためにそれぞれ五百円以上は必ず使うから、ひとりあたり平均して千円以上の売り上げだ。

うちの女の子って、人気高いんだなぁ、と改めて思ってしまう。

そして真人と謙吾が今も校内を回って、「メイドさんの写真をもらえる店」という触れ込みを続けているお陰で、お客はさらに増えそうだった。

「おねーさんとしては、やってくる客が野郎ばかりになってしまったのは少し気にくわないが……」

来ヶ谷さんの言うとおり、店内にいる客の七割は男子になってしまっていた。始まりが女子のお客ばっかりだったことを考えると、また店の雰囲気がまったく別物になっている。クドや恭介の写真なんかは女子からも人気があるみたいだけど、やっぱり生写真サービスは男子向けのものだからなぁ……。

「でも、男ばっかりだと、女子のお客さんは入りにくいかもね」

客が偏ることでちょっと心配なのは、その点だ。

「ふむ、少年もそう思うか。……おお、そうだ。女性客にも受けるサービスを思いついたぞ」

来ヶ谷さんは今、思いついたとでも言うように、手を打ち合わせた。

「西園女史がプロデュースしたあのCMの映像を、一本千円で店頭販売するか。映像のダビングならば、CDメディア代だけで済むから、ほぼロハだぞ」

「えええっ⁉」

っていうか来ヶ谷さん、初めからそのつもりで撮影してたんじゃ……⁉

＊　＊　＊

「……なるほど、分かりました。……ええ、確かにそれだけでは充分とは言えないかも知れませんが……はい、取りあえずはそうですね」

彼女は廊下を早足で歩きながら、通話を切った。そして今度は別の番号を呼び出して電話を掛ける。

「……もしもし、私よ。……ええ、そう、集められる人全員に招集をかけて。……現地で集合。お願い」

手短に用件だけを告げると、彼女は携帯を閉じた。

そして向かう先は、家庭科部の部室――。

＊　＊　＊

「クド、料理の材料は足りてる？」

「はい、大丈夫です」

クドはボールの中で生クリームをかき混ぜつつ、明るい口調で答える。

一方で恭介は、喫茶店の収支を記録したノートとソロバンを交互に睨み、むむ、と小さな唸り声をあげつつ真剣な目つきで考え込んでいた。

「……恭介、大丈夫そう?」

売り上げが伸びているとはいえ、やっぱり借金返済までは難しいんだろう……。

そう思って心配していると、恭介はゆっくりと顔を上げ——そしてニカリと笑った。

「いや、このまま行けば問題なさそうだ。CM映像の売れ行きも好調だしな」

「好調なんだ……」

ちょっと複雑だ。あの後、『借金を返すためには、誰かが血肉を削らなければならない』と来ヶ谷さんに強く主張され、結局CM映像は売り出されることになった。

「よし、明日までこの調子で行ければ——」

「失礼します!」

恭介の言葉を遮り、出入り口の方から鋭い声が室内に響いた。それに合わせてフロアの方がなんだか騒がしくなってくる。

「? どうしたんだろう」

僕と恭介と来ヶ谷さんは、キッチンから出て店の出入り口の方を見てみる。

そこにいたのは――。

「風紀委員です。これから、この店を監察させてもらいます」

腕にクリムゾンレッドの腕章。

風紀委員長の二木《ふたき》さんと、その他にも同じ腕章をつけた数人の生徒が、出入り口に立っていた。

「なんで風紀委員が……？」

「さぁ……分からん」

僕の言葉に、恭介が肩をすくめる。

店内にいた客たちは、唐突な風紀委員の登場に驚いて戸惑うか、あるいは興味津々といった視線で成り行きを見守っている。

けれど僕たちのきょとんとした視線、お客たちの困惑と好奇の視線の中で、ひとりだけ――葉留佳さんだけ、違った感情が目に浮かんでいた。

「……ちゃん」

聞き取れないほど小さな、悲しげなつぶやきがその口から漏れた。

二木さんはちらりと葉留佳さんに視線を向ける。けど、まるで道端の石ころを見るようにすぐに興味を失ったのか、視線をそらして室内全体を見回した。

「この店の責任者は？」

二木さんにそう問われ、恭介が前に出た。

「俺だが？」

「棗先輩ですか」

二木さんは一年先輩の恭介を前にしても、まったく物怖じしていない。そういうところは、さすが校内で恐れられる風紀委員長だと思う。

「いったい風紀委員がなんの用だ？　別に騒ぎも起こしていないし、衛生的な問題もないはずだが」

恭介の言葉に、二木さんは首を横に振る。

「校内に流れている噂で、この喫茶店でいかがわしいサービスが行われていると聞きました」

「いかがわしいサービス？」

「例えば……そう、その服装とかですね！」

二木さんはビシッと、ちょうど店内で客に料理を運んでいた小毬さんを指さす。

「ふぇ？」

事態を飲み込めず、きょとんとする小毬さん。

「メイド服という服装に必然性を感じません。それに、生徒会に提出されていた出店申請書には、そのような服装をするということは一切書かれていませんでした」

「ああ、それはそうだ」

店内で働くみんなをひとりひとり見つめていく二木さんに、来ヶ谷さんが答えた。

「そのメイド服は、私が急遽、用意したものだからな」

「原因はあなたでしたか……」

「いや、待ちたまえ、二木女史」

ため息をつく二木さんに、来ヶ谷さんはあくまで落ち着いた態度を崩さない。二木さんはじろり、と来ヶ谷さんに鋭い視線を向ける。

「……何か言いたいことでも？」

「ある。まず第一に、出店申請書に書かれていなかったということだが、他の出店はどうなんだ？　例えばもうひとつ、ソフト部が喫茶店を出していたと思うが、そこはわざわざ服装の詳細まで申請書に書いていたか？」

「……いえ」

二木さんはしばらく答えに迷っていたが、結局首を横に振った。

「だったらそれと同じだ。わざわざ出店内容に服装までは書かんよ」

「それはそうですが……でも、メイド服というのはあまりに特殊な……」

来ヶ谷さんは二木さんの言葉に、ゆっくりと首を横に振る。

「別に特殊でもなんでもないぞ。能美女史、こっちへ」

「わふ？　なんでしょう、来ヶ谷さん？」

急に呼び止められ、料理を運んで店内を走り回っていたクドがこっちにやってくる。

「あ、佳奈多《かなた》さんではないですか。どうしたんですか？」

どうやらクドは仕事に集中していて、風紀委員が来ていたことに気づいていなかったらしい。

「このクドリャフカ君の服装を見たまえ。露出は少なく、むしろうちの学園の体操服の方が肌の出ている部分は多いだろう。確かソフトボール部の喫茶店は、体操服にエプロンという制服だったと思うが」

来ヶ谷さんがクドをくるくると回転させる。わふ～、とクドが目を回していた。

「く、クド？」

倒れそうになったクドを僕が慌てて支える。

というか来ヶ谷さんもメイド服を着てるんだから、わざわざクドを連れてくる必要はなかったんじゃ……。

「よって、この服装はいかがわしいとは言えない。それとも二木女史は、学園の体操服をいかがわしいと否定するのか？　それともうひとつ。メイド服は使用人や誰かに仕える者の制服だ。喫茶店の店員として、お客様に仕える身には相応しい制服だと思うぞ」

「屁理屈ですね……」

「ああそうだ、屁理屈だ。だが、屁理屈は論破できない限りは理屈として通るのだよ」

二木さんの皮肉げな言葉も、来ヶ谷さんはまったく動じない。その答えに、二木さんは何か考え込むようにしばし無言だった。確かに今の来ヶ谷さんの理屈は否定しにくい……が、やがて二木さんは口を開いた。

「それなら、もうひとつ。確かこの店は、来店した客に写真をプレゼントするというサービスをしているらしいですね。それと、何か……CM映像みたいなものも」

「ああ、そうだが？」

恭介が平然と答える。

「別におかしなものを渡しているわけじゃない。ファミレスでその店のオリジナルグッズを売るようなものだ。構わないだろう？」

「この写真自体にはそれほど問題はないかもしれませんが……この写真と映像が現在、校内で異常な高値で売買されているんです。それだけではなく――」

二木さんがパチンと指を鳴らすと、風紀委員のひとりがノートパソコンを持って来た。ウェブブラウザを開いて、ネットオークションのサイトを表示する。

「これを見てください。写真はネットオークションにまで出品され、高額で取引されているんです！」

二木さんに言われ、僕たちはパソコンの画面を覗き込む。

そこには、ずらりと一覧、喫茶店で渡しているみんなの写真がならんでいた。バラ売りでも、それぞれかなりの金額だ。しかも、全十九枚セットになると、数万円の値段がついていた。

というか、十九枚全部集めた人がいたんだ……まだ写真を配るサービスを始めて二時間程度しか経っていないのに。

喫茶店にいた他のみんなも、同じく画面を覗き込む。

「ふええ、すごいお値段」

「なんだこれ、写真一枚にこんな値段がついてるのか⁉」

「ふむ、まぁ妥当な価格だな」

「わふ～、私のお小遣いではとても買えません」

「日本の萌え産業の恐ろしさを垣間見ました」

みんな、自分の写真が出回っているということを、あっさりと受け入れていた。

もっと衝撃を受けると思っていたのだろう、二木さんはその態度にちょっと拍子抜けしていた。

「……」

オークションでついている値段に驚いているみんなの中で、葉留佳さんだけは、パソコンの画面を見ていなかった。その視線の向かっている先は、二木さんだ。

風紀委員が入ってきた時から、ずっと葉留佳さんは何か考え込むような顔をしている。……どうしたんだろう？

「あ、待って下さい。これは……」

そう言って西園さんがパソコン画面の一番下を指さす。

そこには、『ＢＬカフェ　宣伝映像』という商品名があった。もしかしてこれは……。

「直枝さんたちのＣＭ映像ですね」

やっぱり⁉

「気になるお値段は……なんと一万三千円。現在も落札価格は上昇中です」

「ええ～……」

というか淡々と語らないで、西園さん……。

「と、とにかく！」

二木さんはパソコン画面から自分に、みんなの注意を戻させる。

「こんな法外な値段で出回るものをサービスや販売するのは、これ以上やれば風紀違反となる可能性があります。学生に相応しくない過剰なサービスは、即刻中止してください！」

「え、そんな⁉」

僕は思わず口に出していた。せっかく来ヶ谷さんの提案で、お客が集まり出して経営もうまく行き始めていたのに。

「そんなもこんなもありません。それと明日は一日、監督のために私はこの喫茶店に常駐させてもらいます！」

●本日までの収支合計
《支出》
前日までの赤字額…………………四七〇五〇〇円
クリーニング代……………………二四〇〇〇〇円（三〇〇〇〇円×八人分）
食材追加費…………………………五〇〇〇〇円
食器購入費（破損した分を補充）……一〇〇〇〇円（五〇〇円の皿×二〇枚）
写真現像費…………………………一六〇〇〇円（五〇円×三八〇枚）
小計　五二八五〇〇円也
《収入》
喫茶店売り上げ……………………一四六八〇〇円
ＣＭ映像売り上げ…………………三二〇〇〇〇円
合計　マイナス三四九七〇〇円也

＊　＊　＊

『……学園祭、一日目を終了します。本日はお疲れ様でした。ご来場なさった方々は道中お気をつけてお帰りください。また紛失物につきましては、学園祭実行委員会のテントにて……』

学園内に放送が響く。時間は午後六時となり、学園祭の一日目は終了した。

大気の色は既にセピア色に変わり、彼女がいる廊下の窓から見える校門付近では、アーチの長い影が伸びている。

「はぁ……」

彼女は廊下の壁に背をもたれ、長く細いため息をついた。

教室で『あの子』から向けられた視線が、彼女の脳裏に浮かぶ。

胸が少しだけ痛んだ。

しかし、いつまでも沈んでいてもどうしようもない。勝負は、明日だ。

今日で、彼女の後輩は仕事の段取りを覚えただろう。だから雑務は後輩に任せて、明日は一日、あの問題児集団の動向を見ておくことができる。

（そろそろ時間ね……）

彼女は携帯電話を取り出す。

「……もしもし。私です……。はい、明日は私が……」

＊　＊　＊

「……え、そうなの？　そう……。ええ、分かったわ」

沙耶は黄昏《たそがれ》色の廊下を歩きながら、携帯電話で話をしていた。通話の相手は彼女の雇い主だ。

沙耶の任務は、とある集団を観察・諜報《ちょうほう》することだが、どうやら明日は雇い主みずから、その集団を視察するらしい。だから手を出さないように、という連絡だった。

「……え？　今日は何をしていたかって？」突然の質問に、沙耶はぎくりと体を強ばらせる。「あ、あはははは。何をしていたかって決まってるじゃない、ちょ、諜報活動よ。ずっと彼らを監視したり、怪しい動きをする人物を尾行したり……もう大忙しよ！　ご飯を食べる時間も惜しみ、息つく暇もないくらいに活動しまくっていたわ。あははは」

そういう沙耶の右手には、さっきまでたこ焼きと焼きそばが入っていた空パックと、クレープがふたつ（片方は食べかけ）。左手には紙袋が持たれ、中には射的の店で獲得したぬいぐるみが溢れんばかりに詰め込まれていた。

「な、何よ。ほ、本当よ、別にスパイ活動に飽きてなんとなく出店で遊んだりなんかしてないわよ！」まだ疑ってくる通話相手に、沙耶は冷や汗をかきつつ反論する。「……え？　べ、別に何も食べてないわよ。バナナ味クレープがおいしいなんて思ってないわ！」

もはや完全にバレてしまっていたが、あくまで苦しい言い訳を貫こうとする沙耶だった。

「まったく、もう……」

通話を切って、沙耶は携帯をポケットに仕舞う。

周囲を見回すと、一日目の営業を終了して店の後かたづけをしているクラスが多い。沙耶はその様子を見ながら、ぼぉっとする。

結局今日は一日、沙耶は普通の来客として学園祭を楽しんでしまった。

「……さて。明日はどうしようかな」

明日は雇い主の『彼女』みずからがターゲットの監視をすると言っていたが、沙耶自身は何もしなくていいのか……。

「ま、明日は明日の風が吹く。明日の状況を見て決めることにしましょう」

沙耶はうん、と頷いて、廊下の先にある家庭科部の喫茶店を見つめた。

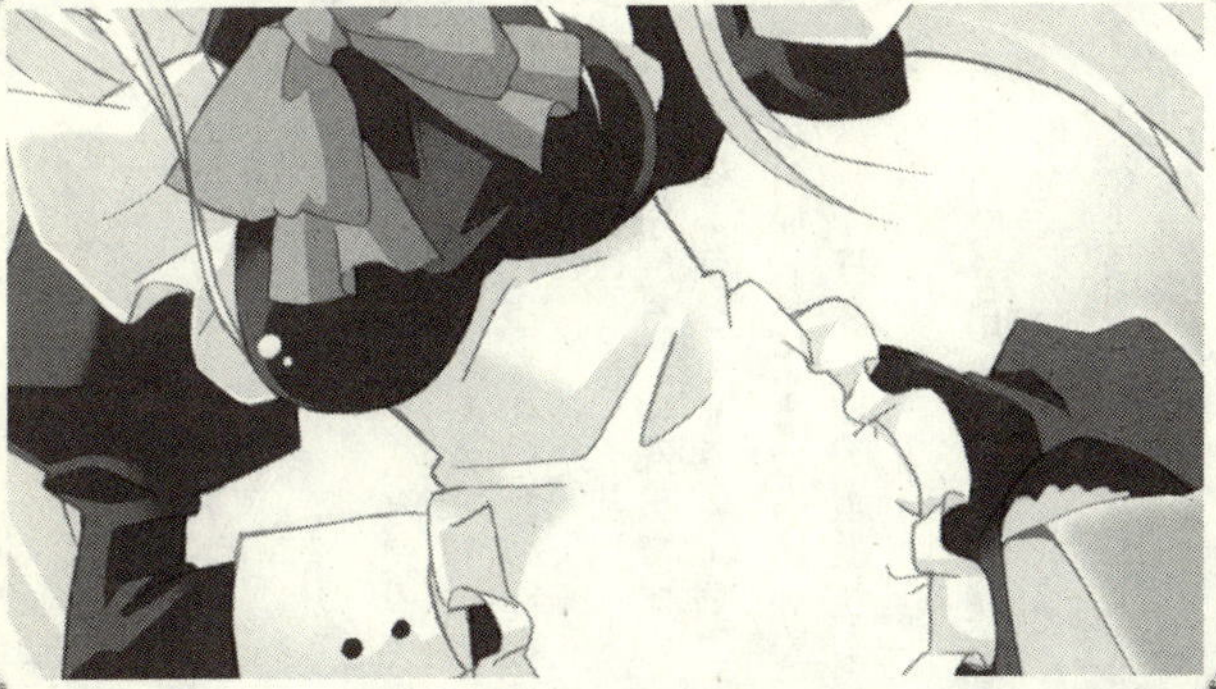

第四章
現れた刺客！？

さすがにまだ早い時間だからか、家庭科部部室の中には誰もいない。

「……よし」

小さく気合を入れて、僕は室内を見回っていった。テーブルやイスなどの位置を整えて、軽く掃除もしておく。

「おはようございます！　あ、リキ。もう来てましたか」

次に鈴の音を鳴らして入ってきたのはクドだった。

「僕は一応、店長らしいからね」

恭介がどういうつもりでこの役職に僕をつけたのかは、未だに分からないけど。

「クドも早いね」

「はい、私は家庭科部の部員ですから、一番に来て準備しておかないと！……あ、でも、今日はちょっとリキに遅れてしまいました」

クドは少し照れたような苦笑いを浮かべる。

「それでは、今日も一日、頑張りましょう！」

「うん」

拳を天井に突き出すクドに、僕も腕を上げる

恭介の借金返済にはまだまだ遠く及ばない。でも、諦めるわけにはいかない。この時がずっと続くように。僕たちリトルバスターズがまだまだ続いていけるように。

そしてクドは、家庭科部を守るという役目も背負っている。

「おはよーっす。あ、理樹、お前こっちに来てたのか。起きたらもう部屋にいなかったから、筋トレグッズが嫌になって逃げ出したのかと思ったぜ」

いや正直、あの筋トレグッズは逃げ出したいんだけどさ……。

「気合充分だな」

「さすがは店長」

ドアの鈴が鳴って、真人、謙吾、恭介が入ってくる。そしてその後に西園さん、来ヶ谷さんも教室に姿を現す。

そして、学園祭の二日目が始まった。


「あれ？　小毬さんと葉留佳さんは？」

フロアにもキッチンにも、小毬さんと葉留佳さんの姿がなかった。

「小毬君と葉留佳君か？　私は知らないが」

「私も知らないです」

「今日はおふたりの姿を見ていませんね」

キッチンで調理の準備をしていた来ヶ谷さんとクドと西園さんが、首を横に振る。

フロアにいた鈴や恭介たちに聞いてみても、やはり「知らない」という答えだった。

まだ客は来ていないけど、もうとっくに営業時間は始まっている。昨日だったら、今の時間には小毬さんと葉留佳さんも来ていた。

どこに行ったんだろう、あのふたり？

「そういえば昨日、こまりちゃんもはるかも、ちょっと元気がなかったな」

鈴は腕を組んで答える。今日は誰に言われるまでもなくメイド服を着ているので、もしかしたら鈴はこの服装を案外気に入ったのかもしれない。

「落ち込んでた、か……」

昨日は小毬さんも葉留佳さんも食器を割ったり料理をこぼしたり、調子が悪かったからな……。もしかしたら、ふたりともやる気をなくしてしまったのかもしれない。

次の瞬間、出入り口の方から誰かの足音が聞こえた。

小毬さんか葉留佳さんが戻って来たかと思って振り返ってみると――。

「……なんだ、二木さんか」

出入り口に立っていたのは、不機嫌そうな顔つきの風紀委員長だった。他の風紀委員は連れていない。

そういえば、今日は二木さんがうちの店の監督をすることになってたんだっけ。

「なんだとは失礼ね、直枝。そんなふうにあからさまに落胆されるのは、気分がよくないわ」

「いや、葉留佳さんか小毬さんが来たのかと思って」

僕の言葉に、二木さんが眉間にしわを寄せる。

「何？　葉留佳は来ていないの？」

「……うん」

なんとなく答えづらかったけど、どうせ黙っていてもそのうち知られるだろうから、頷いておくことにした。

「……どうしようもないわね、あの子は」

二木さんは呆れたようにため息をついた。けれど、そこにはただの呆れ以上の感情があるように思える。二木さんは、葉留佳さんに何か思うところでもあるのだろうか。

「いや、葉留佳さんもそのうち来ると思う。きっと何か用事があるんだよ」

「さぁ、どうかしらね？　逃げたのかもしれないわよ」

二木さんは肩をすくめる。その態度に少しムッとした。僕は反射的に言い返そうとするけど、またお客が入ってきた。男子生徒が三人と、男子と女子のカップルだ。

まずいな……。小毬さんと葉留佳さんがいないから、今フロアにいる接客係は鈴だけだ。お客が二組同時に来たら、鈴だけじゃ対応できない。

「三人か？　だったらこっちだ」

鈴が男子三人のグループを手近な席へ連れて行く。もう一組のお客は僕が席へ案内するしかない。

「いらっしゃいませ。こちらへ……」

取りあえず、しばらくは僕と鈴で対応しよう。

と思った瞬間、さらに三組目の客が入ってきた。

こうなると、僕と鈴だけじゃ無理だ――。

「何？」

「……いや、なんでもない」

無意識に僕は二木さんに目を向けていたらしい。すぐに視線をそらす。

二木さんはあくまで風紀委員として監督しに来てるだけなんだから、僕らを手伝ってくれるはずがない。

「真人、謙吾！」

「あ？」

「なんだ？」

キッチンにいた真人と謙吾に来てもらい、ふたりにも接客してもらうことにした。

「なんだ、写真サービス、やめちゃったのか」

「はい、すみません……」

「だったら昨日のうちに言っておけよ。来て損したぜ」

喫茶店の出入り口で、僕にそう吐き捨てるように言って、お客のひとりが喫茶店から出て行った。そして休む間もなく、席を立った次のお客が僕のところにやってくる。

「なんで接客が男なんだよ……。メイド喫茶って書いてあるのに」

「すみません……」

お客が出入り口から出て行くのを見てから、思わずため息が出てしまった。

さっきからクレームの連続だった。昨日の写真サービスがなくなったことからくる不満と、小毬さんと葉留佳さんがいないウェイトレス不足からくる苦情だった。

喫茶店が始まってから、客の数は少なくなる一方だ。かといって、調理係を減らすことはできないし……。

「ぬあああっ！　オレが接客して何が不満なんだよ！　それとも何か、お前みたいな筋肉が間近にいると圧迫感があって落ち着けません、置物みたいに部屋のインテリアと一体化して動かないでいてください、ってことかよ！」

「俺もかなり凹んだ……」

真人は憤慨し、謙吾は落ち込んでいる。

「こうなったら、この世を筋肉で洗脳するしかねぇっ！　そしたら、オレの存在にケチをつける奴はいなくなるはずだ！」

「そうか、そうだな！　俺も協力するぞ！」

「ふん、謙吾。お前もやっと筋肉の良さが分かってきたようだな。じゃあ行くぜ、筋肉イェイイエーーイ！」

「筋肉イェイイエーーイ！」

それは世界が滅びそうなのでやめてください……。

謙吾と真人の間に奇妙な友情が芽生えている一方、鈴はというと——。

「お前ら、席はこっちだ。さっさと来い」

相変わらずの接客だった。

フロアはもう壊滅状態。こんな時に、なぜか恭介はいないし。

「二木、筋肉イェイイエーーイ！」

「筋肉イェイイエーーイ！」

「わけの分からないことを言うのはやめなさい。バカだと思われるわよ」

というか、あのふたりに冷静に対応している二木さんは、かなりすごいと思う。

ああもう……小毬さん、葉留佳さん、戻ってきて……。

＊　＊　＊

朱鷺戸沙耶は校内を歩き回っていた。

手にはお好み焼きの入ったパック。今日も沙耶はしっかり学園祭を楽しんでいた。その姿には、『凄腕エージェント』の面影はかけらも見えない。百人の人間が見たら、その百人全員が普通の少女だと答えるだろう。彼女が今ここで拳銃を抜いたとしたら、例えその弾丸で壁が撃ち抜かれて弾痕が刻まれたとしても、その銃が本物だとは思えないはずだ。

と、彼女の視線の先に喫茶店が見えた。

特に意識して来たわけではないのだが、最近ずっと見張っていた習慣か、いつの間にかここに来てしまっていたらしい。

「……そうね」彼女はぽつりとつぶやく。「客として侵入して内部を潜入調査するのも、諜報活動として有用よね」

＊　＊　＊

店内で謙吾と真人による筋肉祭りが続けられる中、ドアベルの鈴の音と共にひとりの女子が店内に入ってきた。

「ここが家庭科部の喫茶店ね」

ロングヘアーと白いリボンが特徴の学生だった。

「……え、なんで朱鷺戸さんが……？」

その来客の姿を見て、なぜか二木さんの顔が強ばる。

『朱鷺戸』というのは、あのお客の名前だろうか。この学校の制服を着ているのだかから、おそらく内部の生徒だと思うけど、僕には見覚えがない。

「二木さんの知り合い？」

「い、いいえ。まったく知らないわ」

二木さんは慌てて、入ってきた朱鷺戸さんから目をそらし、早足で店の奥へ引っ込んでしまう。

何か様子がおかしい……とは思うけど、本人が何もないって言ってるし……。

朱鷺戸さんにさっそく鈴が対応する。

「お帰りなさいませ、お嬢様。お前、ひとりか？」

セリフの前半と後半がどう考えてもズレてるよ、鈴。

「ええ、ひとりよ」

「じゃあ、こっちの席だ」

鈴に案内され、朱鷺戸さんはふたり掛けの席についた。僕はその間に、キッチンの方から水を持っていく。

「あれ？」

　水の入ったグラスを持ってテーブルに行くと、朱鷺戸さんの姿がなかった。

　別のテーブルだったかな？　そう思って周囲を見回してみる……と、朱鷺戸さんは壁際に置かれているインテリアの壺を持って、中を覗き込んだり下から持ってみたりしていた。

「な、何やってるの？」

　僕は慌てて朱鷺戸さんのところへ駆け寄る。けれど朱鷺戸さんは、平然と答えた。

「そんなに慌てなくても大丈夫よ。ちょっと鑑定してるだけだから。これはあの有名な伊万里焼《いまりやき》の超高級品ね」

　その壺には、表面に思いっきり『伊万里焼　超高級』と書かれていた。

　いや、多分それは伊万里焼じゃないと思う……明らかに偽物だ。

「まぁ、あたしの手にかかれば、鑑定だってちょちょいのちょいよ。何たってあたしは凄腕のスパ――」

「スパ？」

　何か言おうとして、朱鷺戸さんの言葉が止まる。

「『スパ』ルタ教育よ！」

「？　なんでスパルタ教育？」

「あたしは小さい時からスパルタ教育を受けてきたの！　だから鑑定だって簡単ってことよ！」

「朱鷺戸さんって、鑑定士なの？」

「違うわよ！　というか、なんであなた、あたしの名前知ってるのよっ⁉」

「あ、やっぱり『朱鷺戸』って名前だったんだ」

「誘導尋問っ⁉　やるわね、あなた……」

いや、本当は二木さんがそう言ってたのを聞いただけなんだけど。

でも、なんでだろう――その名前が正しいような気がしたんだ。

その瞬間、背後でパン！　と弾けるような音が響いた。

「な、何⁉」

僕は後ろを振り返る。音が聞こえたのはキッチンの方からみたいだ。店内にいたわずかな客もキッチンの方に目を向けた。何かが爆発したような音だったけど……。

「どうしたんだ⁉」

フロアにいた謙吾がキッチンの方に歩いていくと、クドがフロアの出入り口に姿を現す。

「わ、わふぅ、す、すみません！　炭酸のペットボトルを床に落としたら、フタが弾け飛んでしまって……でも、大丈夫です。怪我した人はいませんから」

それだったらよかった――。

と、今度は僕の前から鈍い破砕《はさい》音が響く。

視線を前方に戻すと、さっきまで朱鷺戸さんが持っていた壷が僕の足元で割れていた。

「ええっ⁉　なんで⁉」

というか壷を持っていた朱鷺戸さんの姿がなくなってるし！

「敵襲っ⁉」

朱鷺戸さんの声は頭上から聞こえた。見上げると、なぜかシャンデリアの上にその姿が。何やってるんだ、この人⁉

「敵はどこ⁉」

朱鷺戸さんはシャンデリアにぶら下がったまま、片手で制服の内ポケットから拳銃を取り出して構える。え……モデルガンだよね、あれ？

「危ないよ、降りてきて！　落ち――」

僕の言葉が終わる前に、朱鷺戸さんの体が傾く。めき、という音が天井から聞こえた。取り付けられていたシャンデリアが天井から剥がれかけている。めきめき、とさらに音が響いて、朱鷺戸さんの足場になっていたシャンデリアは宙を落下し始め……。

僕は思わず目をつぶる。

暗くなった視界の向こう側で、ガラスの砕ける音と、金属が床にぶつかる音と、室内にいた生徒たちの悲鳴が混ざり合って、すさまじい大騒音が響き渡った。

うわぁ……。

僕はおそるおそる、閉じていた目を開ける。

目の前にあったのは散乱したガラスの破片と、ひしゃげて形が変わってしまったシャンデリア。落下したところにお客はいなかった。客の数が少なくなっていたことが、逆に幸いしたようだ。あのシャンデリアはレプリカだから重量はそれほどでもないけど、真下に人がいたら重傷人が出ていただろう。不幸中の幸いだ……でも、シャンデリアに乗っていた朱鷺戸さんは間違いなく怪我をしているはず。

と、思ったのだが――。

朱鷺戸さんはモデルガンらしき銃を構えたまま、無傷でテーブルの上に立っている。シャンデリアが落ちる直前に飛び降りて、うまく着地できたらしい。

怪我がなくてよかった……と言いたいところだけど。

目の前の惨状は、『よかった』で済ませられるものではなかった。

壊れたシャンデリアは真人と謙吾と僕で、自分たちでも驚くほどのスピードで片づけ、店内を元のきれいな状態に復帰させた。昨日、皿を割ったり料理をこぼしたりといった状況を掃除したスキルが、いかんなく発揮されたようだ。別にそんなスキルは欲しくなかったけど。

そして今、沙耶さんはキッチンで正座させられ、その目の前には用事が済んで戻ってきた恭介が立っている。周りにいるのは僕以外に、クドと来ヶ谷さんと西園さん。

「さて、いったいどうしようか。普通ならば、シャンデリアの弁償代と店への迷惑料を払ってもらって釈放、と行きたいところだが……」

恭介は腕を組んで朱鷺戸さんを見下ろしている。

「わ、分かってるわよ！　払うわよ、払えばいいんでしょう！」

「ほう……払えるのか？」

「払えるわよ！　あたしは超一流スパ……っ！」

朱鷺戸さんの言葉が途中で急停止。ごほん、ごほん、とわざとらしく咳払いをする。

「まぁ、あたしは意外にお金を持っているのよ」

「そうか。だったら払ってもらおうか。壷とシャンデリアの弁償代は――」

そして恭介は、金額を告げた。

「――百万円だ」

「えええっ⁉」

驚いたのは僕の方だった。

嘘だ。それは絶対に嘘だ。

前に恭介から、喫茶店の内装を作るのに使った費用のリストを見せてもらったけど、シャンデリアはせいぜい四万円、あの壷は一万円以下だった。

そんな嘘に引っかかる人なんているはずが……。

「百万円か……なかなかの高級品ね。あたしもあの、一見安っぽいけど馴染みやすい手触りとか、貧相な中に気品溢れるデザイン性を考えると、百万ぐらいはすると思っていたのよ」

思いっきり引っかかっていた！

どうやら朱鷺戸さんには鑑定眼はまったくないようだった。

「それでどうだ？　払えるのか？」

「むっ……むむ。百万……百万、でしょ……」

朱鷺戸さんはうめくような声を漏らす。さすがに百万円なんて金額を、そう簡単に払えるはずがない。

というか朱鷺戸さん、恭介の嘘だって気づかないのか……。

恭介は朱鷺戸さんの様子を見て、その先の言葉を聞くまでもなく判決を告げる。

「払えないか。だったら——体で払ってもらうしかないな」

「は？　か、体⁉」

朱鷺戸さんの顔が赤く染まった。

＊　＊　＊

朱鷺戸沙耶の登場は、彼女を少なからず動揺させた。沙耶にはあらかじめ、今日は彼女自身がこの喫茶店の監視をするので、特に仕事はないと伝えてあったからだ。それなのに、どうしてここで沙耶が登場するのか——彼女には分からない。

しかし初めから、沙耶という存在自体が彼女の認識外にいる。あの少女がどんな考えを持って行動しているのかなど、彼女に分かるはずがない。そのため、彼女は沙耶の行動の意図を読もうとするのを、早々にやめてしまった。

（まぁ、どうでもいいことだわ）

沙耶がどういう行動を取ろうが、今はもう大勢に影響はないだろう。今日一日で、彼らが抱える莫大な借金を返せるはずがない。

……そう思っていたら、沙耶が突然、よく分からない行動を起こした。

シャンデリアと壷を壊し、その上この喫茶店で弁償のために働かせられることになったらしい。

あれはこの喫茶店の経営をさらに傾かせようと意図的にやったことなのか、それとも本当にただのドジなのか……後者なのではないかと彼女は思う。もう彼女にも、朱鷺戸沙耶という少女の性格がおぼろげながら分かり始めていた。

「まったく、何をやってるんだか、朱鷺戸さんは」彼女はため息をついて、誰にも聞こえないように小さくつぶやく。「でも、今日は定期連絡をする必要はないわね」

＊　＊　＊

「どうして……」

朱鷺戸さんの肩がぷるぷると震えていた。恥ずかしさと怒りが入り交じって、顔が真っ赤になっている。

「よし……完璧だ」

目に妖しい光を宿した来ヶ谷さんが、御満悦な表情で朱鷺戸さんを見据える
「どうしてあたしがこんな格好をしないといけないのよ、ねぇ、理樹君っ⁉」

『こんな格好』というのはメイド服のことだ。朱鷺戸さんはメイド服に着替え、フロアに出てきていた。

なぜか朱鷺戸さんの怒りは、僕の方に向けられているらしい。それを提案したのは、僕じゃなくて恭介だし、強制的に着替えさせたのは来ヶ谷さんなんだけどなぁ……。

それに、なんで僕の名前知ってるんだろう……？

ケーキ
セット!!
500

「ごめん、朱鷺戸さん。でもキッチンよりもフロアの方が人数が少ないから……」

「うがーっ！　そういうことじゃなくて！　どうしてこんな、メイド服なんか着ないといけないのよ!?」

「女の子が『うがー！』などというものではないぞ、沙耶君。スマートじゃない」

怒り心頭といった様子の朱鷺戸さんに、来ヶ谷さんは相変わらずのペースで話しかける。

「スマートに、『うりー！』ならば使ってもいい」

——いや来ヶ谷さん、どのあたりがスマートなのか分からないけど。

来ヶ谷さんの言葉が朱鷺戸さんの気持ちを鎮めることは当然なく、朱鷺戸さんは地団駄でも踏みそうな勢いで怒っていた。

「メイド服なんて着なくても、仕事はできるでしょ！　エプロンとかで充分じゃない」

確かにそれはそうなんだけど……。

理不尽に対する不平を露わにする朱鷺戸さんに答えたのは、ウェイトレス用制服としてメイド服を手渡した張本人、恭介だった。

「仕方ないだろ、朱鷺戸。この喫茶店では女子の制服はメイド服と決まってるんだから。お前だけ別の制服にしたら、店員だと分からないだろ」

「むむ……」

恭介の言葉に、朱鷺戸さんは反論できない。

「ああ、もう！　分かったわよ！　まったく……」

朱鷺戸さんはやっぱり不満らしく、「どうしてあたしが」とか、「スパイなのに……」とかよく分からない言葉をブツブツつぶやきながら、踵を返して恭介に背を向ける。結局は、メイド服でフロアに出ることに納得してくれたらしい。

と思ったら、くるりと僕の方を振り向いて、朱鷺戸さんは根本的な疑問を口にする。

「けど、そもそもお客さんがまったくいないのに、あたしが接客係として入っても仕方ないんじゃない？」

……もっともだった。

喫茶店の中には今、お客はひとりもいない。閑散としている。他の部でやっている出店の声が、窓の外から聞こえてきそうな静けさだ。

今日は朝からお客の数が少なくなっていく一方だったけど、朱鷺戸さんのシャンデリア落としが決定打になった。あの事件で店内にいたお客はみんな出て行ってしまい、その後は来客ゼロ。

恭介が抱えている借金の額を思い浮かべて、僕はため息をつくしかなかった。

第五章
二死満塁に花束を

「ふん、百六十二、ふん、百六十三、ふん、百六十四……」

店内には真人が数を数える声が途切れることなく響いている。

「何やってるの、真人？」

尋ねるまでもなく答えは分かっているけど、念のために聞いてみた。

「腹筋。どうせすることがないから、筋トレでもしてた方がいいだろ」

洋風喫茶店の床で腹筋をする大男……異様な光景だ。もし誰かが入ってきたら、どうするつもりなんだろう。しかし真人だけでなく、周りを見回してみると他の人たちも皆、思い思いに好きなことをしていた。

西園さんは本を読みふけっているし、来ヶ谷さんは客用に用意したコーヒーを飲みつつ勝手にくつろいでいる。

朱鷺戸さんは拳銃を解体して手入れしている……モデルガンだよね、あれ？　二木さんは我関せずといった様子で携帯を弄《いじ》っているし、謙吾は——。

「理樹、なんかして遊ぼう！」

さっきからずっと暇な時間で、何か遊ぶことはできないかと言い続けている。

「遊ぼうって、何をして？」

喫茶店の中という空間でできる遊びなんて限られている。いや、そもそも遊んだりしてたらいけないんだけど。

「そうだな……例えば、フライングディスクなんかどうだ？　こう、皿を投げてだな」

「絶対に割れるからやめて……」

小毬さんと葉留佳さんは相変わらず帰って来ることはなく、どこにいるのか分からない。クドはふたりを探しに行くと言って、ついさっき出て行ってしまった。

そして恭介はさっきからずっとテーブルに座ったまま、売り上げ記録を書いたノートと睨み合っている。

「恭介……お店の売り上げ、大丈夫？」

僕は恐る恐る、肩越しに恭介に尋ねてみた。

「……無理だな」

恭介は力無く首を横に振り、たったひと言だけ答えた。けれどそんな短い言葉だからこそ、状況の危機感が切実に伝わってくる。お金の収支はすべて恭介が管理しているから正確にはわからないけど、未だに残っている赤字が数十万はあるはずだ。

今のままじゃ借金を返せず、ソフトボール部に負けてグラウンドからも追い出される。

リトルバスターズは、僕にとってかけがえのない居場所だ。この仲間たちと一緒にたわいのない会話をしたり、野球をしたり……そんな日々がずっと続いてほしい。

だから——この居場所がなくなるのは、嫌だ。

なんとかしたい、本当にそう思う……でも、何も方法が思いつかない。

「どうした、理樹?」

鈴は窓を開けて校庭の方に身を乗り出し、目だけを僕の方に向けていた。

僕は首を横に振る。

「ううん、なんでもないよ。それより、鈴は何しているの?」

窓の向こうに何かあるのだろうか?

「い、いや、別に何もしてない。……お前ら、あっちへ行け!」

お前ら?

僕は鈴が身を乗り出している窓を見てみる。そこには野良猫たちの姿があった。

……なんだ、猫か。

鈴の猫好きはもうとっくにみんなにバレてるのに、鈴だけは未だに隠し通せているつもりでいる。鈴が追い払おうとしても、猫たちはすっかり遊んでもらえると思い込んでいるので、なかなか立ち去ろうとしない。そしてその猫たちの中には、あの巨大猫、ドルジの姿があった。

「シッシッ」

「ぬおっ、ぬおっ」

鈴はドルジを追い払おうと手を振るけど、ドルジはむしろ遊んでもらっていると勘違いしているのか、鈴の手に合わせてぬおっぬおっと巨体を揺らしながら近づいてくる。

相変わらず猫とは思えない体だから、ゆっくりと近づいてくると威圧感があってちょっと恐い。

……あれ？

ドルジの体に、何か紙みたいなものがついていた。

「なんだろう、これ？」

薄くて半透明の紙切れだ。

あれ？　もしかしてこれは……。

「鈴、ちょっと調べてもらいたいことがあるんだけど」

「なんだ？」

「あのさ、もしかしたら……」

その瞬間、出入り口に人の気配がした。

久しぶりのお客？　――そう思ってドアの方に顔を向けると、そこに立っていたのはクドだった。

「お帰り、クド。小毬さんたちの捜索から帰ってきたみたいだ。葉留佳さんと小毬さんは見つか――」

「リキ！」

僕の言葉を遮るクドの言葉は、慌てたような早口だった。

「ソフトボール部の喫茶店が、火事になってます！」

＊　＊　＊

リトルバスターズによる喫茶店が閑古鳥《かんこどり》で壊滅的な状況にある時――。

食堂の隣の教室、ソフトボール部の喫茶店は大繁盛していた。

「五番テーブルにブレンドコーヒーふたつとショートケーキをひとつ～」

「はい、こちらパスタとチキンカレーでございます」

「お客様、三名様ご案内で～す！」

フロアは客で埋め尽くされ、客の雑談と店員の声が途絶えることはない。

キッチンからその様子を眺め、佐々美は勝利を確信した笑みを浮かべる。

「ふふふ……順調に売り上げが伸びていますわね……」

佐々美の言葉に続くのは、いつもの一年生三人組のうちのふたり。

「ええ、私たちの勝利は確実です、佐々美様」と川越令。

「これで忌々《いまいま》しい棗鈴たちをグラウンドから追い出すことができます」と中村由香里。

「佐々美様っ！」そこに素早い動きでキッチンに駆け込んできたのは咲子。「先ほど、棗鈴たちの喫茶店の様子を見てきました！　奴らの店は今、客がまったくおらず、売り上げは壊滅的な状況です！」

それは、さらに彼女たちの勝利を約束する報告だった。

佐々美は壁に掛けられた時計に目をやる。時間は十一時を過ぎている。これから客が増えてくる時間なのに、客がまったく来ていないとは……絶望的だ。

「おーっほっほっほ！　やりましたわ！　そしてこの勝負に勝てば、棗鈴たちをグラウンドから追い出せるだけでなく、宮沢様はわたくしのものに！」

もちろん、勝負に勝ったからと言って謙吾が佐々美に惚れるという保証はどこにもない。根拠などまったくない。しかし、後輩三人組の言葉よっていつの間にか『勝負に勝てば宮沢謙吾と結ばれる』と刷り込まれてしまっているのだ。

「棗鈴！　今度こそはわたくしの――」

佐々美の言葉を遮り、その背後でボンッ！　という爆発音が響いた。

（……な、なんですの……爆発音？）

佐々美の背後には当然、花火もなければ爆竹もない。紙鉄砲も膨張し過ぎた風船もない。異音の正体を探るべく、佐々美はゆっくりと振り返る。

背後にあったのは、電子レンジなどと一体型のガスコンロだった。その電子レンジの中は真っ黒な煙で充満し、その中で火花がバチバチと弾けている。さらに煙は、溢れ出るようにレンジの外にモウモウと立ち上っていた。

クドの言葉を聞いた僕たちは、どうせ店内にいてもやることがないから、と全員でソフト部の喫茶店に向かった。

＊　＊　＊

「うっわ、なんだ、ありゃ？」

真っ先に喫茶店の前についた真人が、眉間にしわを寄せてつぶやく。店の出入り口付近が野次馬で埋め尽くされていた。人垣の中には、制服を着ている人ばかりでなく、普通の私服の人もいる。内部の学生だけでなく、学外から来た人たちもかなり集まっているようだった。

「何があったの⁉」

風紀委員長としての性《さが》か、一緒に来ていた二木さんが前に出た。出入り口の近くにいた男子学生のひとりが、僕たちに気づいてこっちに近づいてくる。その男子は、二木さんと同じくクリムゾンレッドの腕章をつけていた。

「ちょっとしたボヤ騒ぎがあったみたいで……」

彼が二木さんにそう報告するのとほぼ同時に、野次馬の中から見知った顔が出てきた。笹瀬川さんと、いつもの後輩三人組だ。

笹瀬川さんは軽く呟き込みながら、廊下に出てくる。

「ケホ、ケホ……うう、ひどい目に遭いましたわ」

「大丈夫ですか、佐々美様？」

「え、ええ、大丈夫です」

四人の後に続いて、他のソフトボール部員たちも、風紀委員の腕章を着けた生徒たちに追い出されるようにして、店内から出てくる。

「怪我人は？　火は消えたの⁉」

さすがにボヤ騒ぎとあって、二木さんもかなり焦っているようだ。早口の二木さんの問いかけに、風紀委員の男子は首を横に振る。

「いいえ、幸い怪我人はいませんでした。火も大したことはなく、もう消し止められています。調理用に使っていたレンジが故障したみたいで……」

怪我人がいなかったと聞いて、二木さんの顔に安堵が浮かんだ。

「わかりました。では、中を検証させてもらいます。あなたは実行委員会に事態を報告して、担当の教師を呼んできて……」

二木さんは風紀委員の男子に指示を出した後、教室の中に入っていった。他の風紀委員たちは教室の出入り口に集まって人の壁を作り、野次馬学生が入れないようにガードしていた。

「いたた……」

苦しげな声が聞こえて、僕はそっちに目を向ける。笹瀬川さんを支えていた下級生のひとりが、手を庇《かば》うような姿勢になっていた。

「どういたしましたの？ ……火傷《やけど》してるじゃありませんの⁉」

「いえ、大丈夫です。ちょっとレンジに触れてしまっただけですから……」

「大丈夫じゃありませんわ！ 誰か、この子を保健室へ！」

笹瀬川さんの声を聞き、すぐに風紀委員のひとりがやって来てその子を連れて行った。それと入れ替わるように一番遅れて到着した鈴が、僕の隣でこの場の様子を見て驚きを声に表す。

「うわ、なんだ、これ⁉」

鈴に気づくと、笹瀬川さんと残った後輩のふたりが僕たちの方に早足で近づいてくる。かなり怒っているのか、笹瀬川さんの目がつり上がっていた。

「さ、笹瀬川さん？」

「どうしたんだ、ざざみ？」

笹瀬川さんは、いつもの鈴の名前読み間違いを無視した。

「棗鈴！ もしかしてこれは、あなた方の仕業ではございませんの⁉」

「なに？」

笹瀬川さんの言葉に、鈴が目を見開いてきょとんとする。

風紀

「だから、このボヤは……レンジの故障は、あなたがわたくしたちを陥れようと仕組んだ罠ではございませんの？」

「そんな、言いがかりだよ、笹瀬川さん！」

その反論に、笹瀬川さんは僕の方をキッと睨み付ける。

「あなたは黙っていてくださいまし。これはきっと、このままでは勝負に負けると思った棗さんが、わたくしたちの喫茶店へ妨害工作を行ったに決まってますわ！」

「そんなことするかっ！　妨害工作なんかしてまで、勝ちたいなんて思わん」

鈴は即答する。僕はちょっと驚いた。鈴はあくまで正々堂々と勝負し、卑怯な真似なんてするわけがないと反論している――。

「面倒だからな」

――そういうわけでは全然なかった！

「な、棗さん、あなたは……！　勝負を『面倒』のひと言で片付けてしまうなんて、相変わらず――」

「それに」

沸騰寸前の笹瀬川さんを遮って、鈴が言葉を続ける。

「お前たちの喫茶店には客がたくさんいた。客がいるってことは、それを楽しみにしてる人がいるってことだ。だったら、それを邪魔したりはしない」

その言葉を告げる鈴は、いつもよりも少しだけ大人びて見えた。

「く、口ではなんとでも言えますよ！」

「そうです！　佐々美様、棗鈴がやったに決まっています！　そのせいで、れいちゃんが火傷を……」

けれど、一年生のふたりはあくまで鈴を犯人にしようとする。僕は言い返そうと口を開き——。

「いいえ、棗さんは何もしていないわ」

けれど僕より先に、別の声が笹瀬川さんたちに向けられた。

声の主は、いつの間にか教室から出てきていた二木さんだった。

「もちろん、家庭科部に協力していた他の人たちも妨害工作なんてしてない。私が見張っていたんだから、それは間違いないわ。さっき中を見せてもらったけど、これは純粋な事故よ」

「事故……」

笹瀬川さんが呆然とする。

「レンジの中に、アルミホイルの燃えかすが残っていたわ。アルミホイルはレンジに入れると爆発するって知らずに、誰かがくるんで入れたんでしょうね。そして中から火が上がって、故障した」

「そ、そんな……」

笹瀬川さんが愕然《がくぜん》とする。

「悪いけれど、事故が起こった以上はこれを生徒会と学祭実行委員会に報告せざるを得ないわ。おそらくこの教室は使用禁止になるでしょう」

それだけ告げると、二木さんは再び踵を返して教室の中に戻っていく。

二木さんの言葉で、笹瀬川さんたちだけじゃなく、他のソフト部員たちの間にも落胆の空気が広がっていた。まだお昼も始まっていない時に営業停止なんて、やりきれないだろう。

「はぁ……」

笹瀬川さんはため息をついて肩を落としている。それを見ていると、なんだかかわいそうになってきた。それに――。

『お前たちの喫茶店には客がたくさんいた。客がいるってことは、それを楽しみにしてる奴がいるってことだ。だったら、それを邪魔したりはしない』

あの鈴の言葉は、僕も同感だ。笹瀬川さんのソフト部と僕たちの喫茶店は対立していたけど、ソフト部の喫茶店がなくなってしまうのは惜しい……。

「そうだ！　だったら、うちの喫茶店をソフト部との合同にしたらどうかな？」

僕はその場にいた全員をひとりひとり見回していく。その提案に、反応はそれぞれだった。驚きと困惑で眉間にしわを寄せている人もいるし、目を閉じて何か考え込んでいる人もいれば、少し怒りを露わにしている人もいる。

「おい、理樹、何言ってるんだよ。オレたちとこいつらは勝負してるんだろうが。それで合同喫茶なんてできるかよ」

「そうですわ！」

真人が真っ先に反対し、笹瀬川さんも首を横に振る。

「第一、こいつらはオレたちの喫茶店からケーキを盗みやがったんだぜ。信用できねぇだろ」

「なんですって⁉　だから、わたくしたちはそのようなこと……」

真人と笹瀬川さんの口論が始まろうとしたところに、僕が割って入る。

「うん、それはソフト部員がやったんじゃないよ」

「え？」

真人と笹瀬川さんが同時に僕に目を向けた。ふたりとも、僕がここで否定するのは予想外だったみたいだ。

「鈴。あれはあった？」

鈴は僕の言葉に応えて、「ああ、これか」と、手に持っていたビニール袋を差し出した。

「理樹が言ったとおり、あったぞ」

ビニール袋の中にあるのは、ドルジの体に一枚だけついていたものと同じ、薄い半透明の紙切れ。それが何枚も入っている。

「それと、まだ食べられていないものも残ってた」

それらのフィルムの中に混じって、砂がついて、所々がかじられたりして欠けているカップケーキがふたつほどあった。それを横から見ていた西園さんが、怪訝そうな顔をする。

「直枝さん、鈴さん、これは？」

「盗まれたカップケーキだよ。この紙はカップケーキのフィルム」

僕の後に続けて、鈴が答える。

「ドルジが勝手に持って行ってたんだ。あいつがいつも食べ物をため込んでいる場所があるんだが、そこに散らばってた」

盗んだ犯人は、ドルジだったというわけだ。

「そういえばあの時、家庭科部の部室の近くにドルジがいたわね……」

笹瀬川さんの側にいる取り巻きのひとりが、ぽつりと独り言をつぶやく。

ドルジはあの巨体で、時々校内に入ってくることもある。それに、ドルジだったら大量のケーキを一匹で食べることもできそうだ。

「ということは、やっぱり濡れ衣だったんではございませんの！　まったく、とんでもない侮辱ですわ！」

勝ち誇った笑みを浮かべる笹瀬川さん。しかし、そこに恭介が怪訝そうな顔をする。

「だったらどうしてそっちのあんたたちは、あんな挙動不審だったんだ？　カップケーキの盗難のことを話したら、すごく動揺してただろ」

「うっ……！」

残っていた笹瀬川さんの取り巻きふたりが、見えない矢で射抜かれたみたいにぎくりと体を震わせ、強ばらせる。明らかに触れられたくないことがある反応だった。

「どうしましたの、あなた方？　やましいことがないのでしたら、もっと堂々としていればよろしいのですわ」

「うう……」

笹瀬川さんに真正面から見つめられてまごついていたふたりは、やがてためらいながら話し始めた。

「じ、実は……」

「申し訳ございませんでしたわ」

「すみません……」

「ごめんなさい……」

笹瀬川さんが深々と頭を下げ、それに合わせて取り巻きの下級生ふたりもしゅん、と小さくなって頭を下げる。

僕たちは家庭科部の部室に場所を移動していた。ソフト部の喫茶店で働いていた人たちも、一部ここに集まっている。

一年生のふたりはカップケーキこそ盗んでいなかったものの、少しだけ妨害工作をしたらしい。具体的には学園祭開催の二日前、準備中に真人が壊したレプリカの壷と絵画——あれは、誰かが引っかかって壊すようにと、彼女たちが出入り口のところに置いておいたのだそうだ。

「本当に、申し訳ございませんでした」

もう一度笹瀬川さんが頭を下げる。まるで実際に工作を施したふたりの責任まで、負おうとしているみたいだった。

そんなに謝られると、むしろこっちが恐縮してしまう。

「だ、大丈夫だよ、笹瀬川さん。大した被害じゃなかったし」

実際、その妨害工作で壊れた壷や絵よりも、むしろあの直後にあったカーテンやテーブルの被害の方が問題だった。

「理樹の言うとおりだ。それであんたたちを責めようって気はないよ」

恭介も僕に同意してくれた。もっともあの壷と絵画で四万はするんだけどな、と誰にも聞こえないよう、小さくつぶやきながら、引きつった笑みを浮かべていたけど。

「本当にそれ以外には何もやってねえのか？」

そう問いかける真人に、一年生のふたりはぶんぶんと首を横に振り、声を揃えて答える。

「絶対にしていません！」

さっきまでのふたりの様子は不審さ満点だったが、今のはまったく迷いのない答えだった。嘘をついているようには見えない。多分、あの後のカーテンや照明が破損したのは、本当にただの事故だったんだろう。

「真人、笹瀬川さんたちは多分、嘘をついてないと思うよ」

「う～ん、理樹がそう言うなら、信じるけどよ……」

真人はまだ少し言いたいことがあったようだけど、取りあえずは納得してくれたみたいだ。他のみんなも、それぞれに頷いてくれた。来ヶ谷さんや西園さんなんかは、初めからあまり気にしていないみたいだったし。

「それじゃあ、お互いに納得したところで……話は戻るけど、どうかな、笹瀬川さん？僕たちと合同で喫茶店を開くってこと」

僕は少し強引に話を戻す。

「しかし、わたくしたちとあなた方はあくまで敵同士で……」

笹瀬川さんは鈴の方にチラチラと視線を向けた。

家庭科部室内にいる他のソフト部員たちからは、まだ喫茶店を続けたいという雰囲気が出ている。けれど一方で、笹瀬川さんはやっぱり鈴と協力するということが気になるみたいだ。もう一押し何かあれば、賛成する方に傾いてくれると思うんだけど……。

「宮沢さん」

何か方法はないかと考えていると、後ろの方で西園さんが謙吾に声をかけていた。そしてメモ用紙のようなものを一枚、謙吾に手渡す。

「これを読み上げてください」

「は？ ……待て、なんで俺がこんなことを言わないといけないんだ？ こんな心にもないことを言うのは、俺の主義に反する。主義に反することは絶対にしないのが俺の鉄の意志だ」

何が書かれているのかわからないが、謙吾は気が進まないようだった。けど、西園さんはさらに言葉を重ねる。

「直枝さんのため、そしてわたしたちリトルバスターズのためです」

「……そうか。理樹とリトルバスターズのためなら仕方ないな」

鉄の意志は、ものすごく脆《もろ》かった……。

謙吾はメモ帳を持ったまま、笹瀬川さんの方に近づいていく。

「やぁ、フロイライン佐々美。この店にはキミの力が必要なんだ。ボクと一緒に、この店をふたりの愛の巣に育てていかないかい？」

絶句するほど棒読みだった。しかも、本当に笹瀬川さんの目の前でメモ用紙を読み上げていた。誰かに読まされているのがあからさまだ。

というか、なんでフロイラインってドイツ語なの？

こんな芝居で心を動かされるわけが……。

「はいっ、宮沢様！　もちろんですわ！　わたくしは初めからこの喫茶店で働きたいと思っておりましたの！」

動かされていた！

「さぁ皆さん、いつまでグズグズしているんですの？　さっそく喫茶店再会の準備を始めますわよ！」

ソフト部員から反対の声が上がることはなかった。

そして三十分後――。

家庭科部＆ソフトボール部合同メイド喫茶『feat.リトルバスターズ』の出入り口に掛けられた『準備中』の札を、僕はひっくり返した。そこには『営業中』と書かれた大文字の下に、少しだけ小さな文字で『ミッション・リスタート』と書かれている。きっと恭介が書き加えたんだろう。

そしてひっくり返した瞬間を計ったように、店内から声が響いた。

「お帰りなさいませ――――っ！」

＊　＊　＊

彼女は廊下を歩いている。ソフトボール部のボヤ騒ぎの報告などで時間を食って、ずいぶん長く家庭科部の部室から離れていた。

客がまったくいないという絶望的な状況が急変するとは思えないが、家庭科部が今どうなっているのか気になる。一刻も早く確かめようと、彼女の足は自然と早足になっていた。

（どうしてあいつらの味方をするようなことを言ってしまったのかしら？）

ソフトボール部の佐々美が鈴たちと言い争いを始めた時、なぜか彼女は家庭科部の弁護をしてしまった。彼女はあの問題児集団を解散させようとしていたはずなのに。

（まぁ実際にソフト部のキッチンを見れば、ただの事故だって明らかだったし……）

それでも、あのまま黙っていればソフト部とリトルバスターズの対立からケンカが起こり、あの問題児たちを活動停止に追い込むことができたかもしれない。そう考えると、彼女は自分で自分の行動がよく分からなくなる。

そんな煩悶《はんもん》で頭を悩ませていたせいだろうか、彼女は曲がり角の向こうから来た生徒に気づかず、ぶつかってしまった。

衝突の拍子に、相手の持っていた紙束の何枚かが廊下に落ちた。

「ごめんなさい」

彼女は慌てて落ちた紙を拾おうとして、しかし、ぶつかった相手が先にそれらを素早く拾い上げてしまう。まるで、彼女の手を拒絶するように。

彼女は顔を上げて、ぶつかった相手を確認する。そこにいたのはよく見知った少女――彼女に最も近い少女だった。

少女は紙束を守るように身構え、彼女に鋭い視線を向けた。

ただ出会ったというだけで、こんなにも敵意が表れる。

（いつからこの子は、私にこんな反応を見せるようになったんだっけ……）

彼女には、もうはっきり思い出せない。

睨み付けてくる少女の視線を受け流しながら、彼女は尋ねる。

「あなたは何をしているの、こんなところで？」

素直に答えてくれるとは、思えなかった。

「あんたには関係ないでしょ」

予想どおり、答えてくれなかった。

「それもそうね、関係ないことだわ」彼女は鼻で笑う。「失敗続きだからって仲間から逃げ出して、こんなところで油売ってる人のことなんか、私には関係ないわ」

「……っ！」

少女の顔がサッと青くなった。痛いところを突かれたせいだろう。

「ま、どうせあの喫茶店も——あなたたちの集まりも今日で終わりよ」彼女は淡々と告げる。「今、あなたたちの喫茶店にはひとりも客が入っていないんだから」

彼女はそう言って目の前にいる少女を一瞥し、その横をすり抜けて行こうとする。

が、その瞬間、彼女は後ろから組み付かれて足を止められた。

「終わりじゃない！　まだ終わらせないいんだから！」

「——っ、邪魔よ！」

少し強く突き放すと、彼女を束縛していた手はあっさりと振りほどかれた。少女は泣きそうな顔をしていた。彼女の胸に、じわりと痛みが広がる。

（最低ね……最低）

心の中でつぶやき、彼女は立ち止まっている少女を置いて廊下の先へ歩いていく。

背後にあるものを断ち切るかのように、早足になっていた。

そして、家庭科部の部室の前にたどり着く。

「……え?」

そこには、予想外の光景が広がっていた。

＊　＊　＊

僕はキッチンから出て店内フロアを眺める。

時間はちょうど十二時ちょっと前という、これから客が増える時期だ。しかもソフト部との合同喫茶店になったから、この辺りで本格的な飲食店はもうここだけしか残っていない。だから、客が集中する。

店内の八割のテーブルが客で埋め尽くされていた。そんな中を、クドはパタパタと慌ただしく動き回り、西園さんは静かな足取りながらもテキパキと行動し、来ヶ谷さんはそのふたりの間を縫うように動いて、フロア全体のフォローをしている。

「配役を変えたのは正解だったな」

恭介がキッチンから出てきて、店内の様子を満足げに見渡した。ソフト部との合同喫茶になってから、みんなの役職を思い切って変えてみた。給仕役に、クド、西園さん、来ヶ谷さんを配置。調理役は恭介、真人、謙吾、僕、そしてソフト部員たち。その中には、レンジの故障で火傷した川越さんの姿もあった。幸いちょっと手を冷やすぐらいで済む軽い怪我だったらしい。

ちなみに、鈴と笹瀬川さんは――。

「棗鈴！　今度はどちらが優れたウェイトレスかで勝負ですわ！」

「うるさいぞ、させ子。猫が逃げるだろ」

その声は家庭科部の窓の外から聞こえてくる。

喫茶店再開後、ソフト部が加わってくれたお陰で店員が増えたから、部室前の庭にオープンテラスを開いた。鈴と笹瀬川さんと、一部のソフト部員はそっちの方で働いている。

そしてもうひとり、朱鷺戸さんはというと――。

「ああそうよ、どうせあたしは給仕係から外されたわよ！　壷を割ったりシャンデリアを壊したりするドジだからね！　わざわざメイド服を着てるのに、ほとんどさらし者よ！　笑えばいいじゃない、こんな服着てるのにレジで会計してるだけのこの滑稽な姿を！　あーはっはっはって、笑いなさいよ‼」

そんなことを叫んでいた。

そして自虐的な言葉の後は、「スパイなのに、凄腕エージェントなのに……」とブツブツつぶやきながら落ち込んでしまう。

「お会計お願いします～」

「あ、はい。え〜っと、ブレンドコーヒーとサンドイッチで五百四十円……」

けれど落ち込んでいても、仕事はこなしていた。

「しかし、神北と三枝はどこに行ったんだろうな？　これだけ客が増えてくると、あのふたりもいないと人手不足になるかもしれん」

「そうだね……」

オープンテラスまで作ったから、もっとお客が増えてきたら、今の人数でも手が足りなくなるかも知れない。

「まぁ、いない人間のことを言っても仕方ないな。俺もそろそろキッチンに戻って手伝うか。真人や謙吾が変なことをしてないかってことも心配だしな」

恭介がそう言って踵を返した瞬間、キッチンから真人の声が響く。

『うおおお、とうとうオレは料理の真髄《しんずい》を掴んだ！　料理は筋肉だったんだ！』

ものすごく心配になる叫び声だった。

「何やってんだ、あいつは」

恭介は呆れと苦笑の入り混じった顔で、キッチンの方に向かう。僕も恭介の後に続こうとして、ふと出入り口の所にたたずんでいる二木さんに気づいた。

「あ、二木さん。戻ってきてたんだ」

僕が近づいて声をかけると、二木さんは我に返ったようにかぶりを振る。

「……ええ。それより、この混雑はいったい何？　どうして笹瀬川さんたちが店内《ここ》にいるの？」

「あ、そっか。二木さんはあの後、ソフト部のボヤ騒ぎで忙しくしてたから、知らないんだっけ」

「知らないって、何を？」

二木さんは少し苛立たしげな視線をこちらに向ける。

「ソフト部の喫茶店が使えなくなったから、家庭科部とソフト部合同で喫茶店をすることになったんだ」

「そうなの……それでソフトボール部の客も、こっちに流れてきてるってわけね……」

二木さんは頭痛でもしているみたいに眉間を指でもみほぐし、ため息をついた。

「でもまぁいいわ。これくらいで状況は……」

「え？　何か言った？」

聞き返してみても、二木さんは首を横に振って「なんでもないわ」と冷たく言うだけで、さっさと店の奥へ歩いていってしまった。どうしたんだろう……？

そう思っていると、キッチンから謙吾の声が響く。

「理樹！　もうケーキの在庫がない！」

「え!?」

　まずいな……。ケーキを完全に材料から作ろうと思ったら、一時間はかかってしまう。もう注文だって出てるのに、そんなに時間をかけるわけにはいかない。

　仕方ない、ケーキを切らしていることを説明してお客様には納得してもらおう。そう思った時――。

「お待たせー！」

　明るい声が店内に響き渡る。

　開いたドアの向こうに立っているのは小毬さんだった。その手にはホールケーキの載ったお盆がある。

「どこに行ってたの、今まで……？　それに、そのケーキは？」

「ごめん、理樹君。遅れた原因がこれだよ」

　小毬さんは自分の持っているケーキを僕の方に示す。

「今まで、食堂のキッチンを借りてこのケーキを焼いてたの。朝、キッチンで食材の確認をしてたら、ケーキの数が足りなさそうだったから」

　このケーキひとつだけじゃなく、ケーキ用のスポンジも何個か小毬さんが作ってくれたらしい。スポンジがあれば、あとはクリームなんかで装飾すれば完成だ。ケーキ不足は、一気に解決した。

「ありがとう、小毬さん」

「どういたしまして、だよ～」

独特のアクセントでそう言いながら、いつもの笑顔を浮かべて、小毬さんはキッチンの中に入っていった。これで小毬さんは店に戻ってきた。あとは——葉留佳さんだ。

何をしているんだろう、葉留佳さんは。イタズラ好きで軽い性格でも、やってることを途中で投げ出すような人じゃないと思ってたんだけど……。

「あれ？」

ふと、店の外が騒がしくなっていることに気づいた。廊下に、人がたくさん集まっているみたいだ。なんだろう……？

そう思っていると、次の瞬間、廊下にいた人たちがなだれ込むように入ってきた。

その数は十数人。

「この店か」

「へ～、なかなか凝った内装じゃん」

「あ、オープンテラスもあるわよ！」

そして入ってきた客の全員が、手に何かの紙を持っている。よく見てみるとそれは、この喫茶店の宣伝をしたチラシだった。でも、チラシを作るのは時間がかかるから、諦めたはずなのに……。

「あの、お客様。そちらのチラシは？」

僕は外部から来たらしい私服の客のひとりに尋ねてみる。

「ああ、これ？　校庭の方でもらったんだけど」

そう言ってそのお客はチラシを僕に手渡すと、西園さんに案内され、空いているテーブルの方に歩いていった。

「この字は、葉留佳のね」

「え？」

いつの間に来ていたのか、二木さんが僕の肩越しにチラシを覗き込んでいる。チラシの文字の一部は手書きだった。女の子らしい、丸っこくてかわいらしい筆跡だ。

「これ、葉留佳さんの字なの？」

「ええ、多分ね。そう……あの時持っていた紙の束は、チラシだったんだ……」

二木さんは頷いて、小さくつぶやく。ちょっと見ただけで葉留佳さんの字だとわかるなんて、二木さんは葉留佳さんと仲が良いんだろうか？　いや、でも風紀委員長の二木さんにとって、風紀委員から目をつけられている葉留佳さんは天敵だし……。

「あの子、逃げたわけじゃなかったのね……」

二木さんはつぶやいて、うつむいてしまう。どうしたんだろう？　その反応が何を意味するのか、僕にはよく分からなかった。

……それにしても、もし葉留佳さんがひとりでこのチラシを作って、ひとりで配っているとしたら、それは相当大変だと思う。

僕も手伝いに行こうかと思っていると、キッチンから真人と謙吾が出てきた。

「元々あんまり役に立ってなかったが、神北が来てキッチンの人数が多くなると、俺たちの存在って邪魔なだけだな……」

「ああ？　そりゃ『お前みたいな体がデカい筋肉男は無駄に場所を取るだけでなんの役にも立たないからさっさと出て行った方がいいです。キッチンに入りたかったら料理を覚えるかその筋肉を食材として提供するかくらいのことをして下さい』とでも言いてえのか？　ああ、だったらやってやるよ、この筋肉を食材として使わせてやるよ！」

料理を覚える方じゃなくて、そっちの方に行くのか真人の思考は。

どうやらふたりはキッチンから追い出されたらしい。そもそも、あのふたりって料理とか全然できなさそうだからな……。

「理樹、恭介の奴が呼んでるぜ。キッチンを手伝ってくれってよ。理樹の方がコンパクトで小回りがきくから役に立つって」

「小回りって、恭介……」

まるで軽自動車みたいな評価だ。

でもとにかく、ふたりの代わりにキッチンに入らないと。

僕は踵を返してキッチンに向かおうとして――。

「あ、そうだ。ふたりに頼みたいことがあるんだ」

「あ?」

「なんだ?」

そして真人と謙吾には、葉留佳さんの手伝いに行ってもらうことにした。


「二番テーブルにショートケーキとイチゴパフェです」

「わかった!」

「十六番テーブルに、ミックスサンドイッチとパスタをお願いいたしますわ!」

「了解、これから用意する!」

「五番テーブル、追加注文でコーラふたつだ」

「はい、今、出します」

「十番テーブルにモンペチを十個、頼む!」

「……」

「お前ら、無視するな!」

だって鈴、それは絶対にお客さんが注文したものじゃないでしょ。

店内では注文の声が飛び交い、給仕係の来ヶ谷さん、西園さん、クド、笹瀬川さん、と、(鈴を除いて)全員がところ狭しと店内やオープンテラスを動き回っている。

「はい、西園さん！　ケーキとパフェ、お願い」

「分かりました」

僕がキッチンからケーキとパフェの載ったお盆を西園さんに渡すと、すぐにそれは二番テーブルに運ばれていく。今や店内のテーブルはすべて埋め尽くされ、店の外に順番待ちの列ができるほどの繁盛ぶりだった。恭介もキッチンから出てきて、その様子を眺める。

「神北が来てくれたおかげでキッチンの方は余裕ができたが、今度はフロアがちょっと人手不足になってきたな」

特にオープンテラスは、ほとんど笹瀬川さんだけで回しているようなものだし……。

「何か対策を取らないといけませんね」

「西園さん？」

いつの間にか、西園さんが僕と恭介の真後ろに立っていた。気配を消して近づくのは心臓に悪いからやめてほしい。

「西園さん、オープンテラスの方に回ることってできるかな？　人手不足で……」

「直枝さんはわたしに、日傘を差して給仕をしろと言うんですか？」

「いや、別に傘は差さなくてもいいんじゃないかと思うんだけど」

もう季節的に、日差しは強くないし。

「それはできません」

即答で拒否されてしまった……。

「その代わり、ひとつ提案があります」

西園さんの目がきらりと光った。


「なんで俺がこんな格好をしなきゃならないんだ……」

気の進まない様子で、恭介は店の奥から出てくる。服装はさっきまでの制服と違い、黒のスーツ姿。

「この格好をすることにどんな意味があるんだよ？」

恭介が怪訝そうな表情を向けると、西園さんは平然と答える。

「メイドがいるのでしたら、執事がいても問題ないはずです。恭介さんは執事として給仕してください」

「執事？　しかし、こいつは単なる就活用のスーツなんだが」

「問題ありません」

「本当かよ……」

恭介は疑わしげに言うが、西園さんはあくまで迷うことなく答える。

「百聞は一見にしかず。実際にこれで接客をしてみてください」

仕方ないな……とつぶやきながら、恭介は店の窓からオープンテラスに飛び降りる。

僕が窓越しに水の入ったグラスとメニューを手渡すと、恭介は女子三人が座っているテーブルにスッと流れるような動きで近づいていく。そして深々と頭を下げた。

「失礼いたします、お嬢様方。こちら、メニューでございます」

テーブルの上に水を置き、メニューを手渡す。その動きは無駄がなく、それでいて気取ったところもない自然なものだった。

というか恭介、ノリノリじゃないか。

女性客たちはまさか男(執事)が出てくると思っていなかったのか、ハッと息をのんで恭介の顔を見上げる。

「いかがいたしました？　お嬢様？」

そして恭介はその女性客ふたりの瞳を覗き込み、少女漫画に出てくるような極上の笑みを浮かべた。

「あ、ありがとうございます……」

女の子たちは頬を染めてメニューを受け取る。そういえば、恭介は密かに女子たちから人気があるんだった。黙っていればかなり美形の部類に入るし。

「では、ご注文が決まりましたらお呼びください」

「は、はい……」

MENU

恭介は再び深々と頭を下げてテーブルの側から離れた。

「ありがとうございます……」

一部始終を見ていた西園さんは、誰にということもなくお礼を言っていた。

チーン。

別のテーブルから呼び出しの鈴の音が鳴った。恭介はそちらのテーブルに向かう途中、猫にエサをあげていた鈴の首根っこを捕まえる。

「何をする、バカ兄貴！　放せ！」

「喫茶店が終わるまでは猫で遊ぶのは禁止」

「な、なにぃ！」

「ただし、この店できちんと働いてやったら、モンペチの超高級エキセントリックキャビア味を買ってやろう」

「なんだと⁉　……わ、わかった、やってやる」

さすがは兄だけのことはあり、鈴の扱い方になれているようだった。そのやたらと怪しげなモンペチの名前も気になるけど。

「直枝さん」

「少年」

そんな恭介の様子を見ている僕の背後から、ふたり分の声が聞こえて、振り返る。

そこには、西園さんと来ヶ谷さんが立っていた。

来ヶ谷さんは口元に怪しい笑みを浮かべ、西園さんは感情の見えない視線を僕の方に向けている。

なんだかよくわからないけど、変な威圧感があった。

「ど、どうしたの、ふたりとも？」

思わず僕は後ずさってしまう。

「何を部外者のような顔をしている、少年。恭介氏が給仕役として入っても、まだ人数が足りていないだろう？　きみにも当然、ふさわしいものを用意しているぞ」

ふさわしいもの？

「これだ」

来ヶ谷さんがパチンと指を鳴らすと、西園さんが隠し持っていた服を差し出す。

――メイド服だった。

しかも服だけじゃなく、ウィッグまで用意されていた。

「なんで女性用の服なのっ⁉」

「これしかないからだ。この喫茶店は今、完全にメイド・執事喫茶となっている。ゆえに、給仕係はそのいずれかの服装をする義務がある」

来ヶ谷さんは一歩僕に近づいて、言葉を続ける。

「きみは棗兄と違って、スーツなど持っていないだろう？　それとも、もっと執事らしいタキシードなどを持っているのか？　だとしたら、私は少年に対する認識を改めねばならんが」

「いや、持ってないけど……」

僕はまた一歩後ずさる。

「それなら、この服を着るしかありませんね？　ちょうどメイド服はまだ二着ほど、余っていることですし」

さらに西園さんも一歩、僕の方に近づく。

「ちょ、ちょっと待って、ふたりとも！　確かにスーツは持ってないけど、わざわざメイド服やウィッグまでつけなくても」

僕はもう一歩退く。

でも、西園さんと来ヶ谷さんはさらに近づいてきて、僕は右側と左側からそれぞれ両腕をがっちりと捕まえられてしまった。

「問答無用だ」

「問答無用です」

両腕をロックされ、僕は店の奥に引きずられていく。

来ヶ谷さんはまだわかるけど、西園さんは普段の見た目からは想像もできないような力だ……！

「あ、待っ、ふたりとも……！　うわあああああぁぁ……！」

「問答無用だ」

「問答無用です」

二回言った……本気なんだね。

そして、メン・イン・ブラックに引きずられていく宇宙人さながらに、僕は更衣室に連れて行かれ——。


約十分後。

「うう……」

僕は自分の服装を見下ろしながら、視界を心の汗でにじませていた。

フリルのついたエプロンドレス、自分のものでないロングヘアー……しかも服装だけでなく、来ヶ谷さんの手によってメイクまで施されてしまった。

僕は糸が切れた人形みたいに、がっくりと床に膝をついた。

「うむ、よく似合っているぞ、少年」

「はい、お似合いです、リキ」

「すっごくかわいいよ〜」

「男にしておくのが惜しい人材ね……」

来ヶ谷さん、クド、小毬さん、そしてなぜかこちらまで見に来ていた朱鷺戸さんが、拍手しながらそう言ってくれる。

でも、全然うれしくない……。

「不覚にもドキリとしちまったぜ」

恭介、怪しいことを言うのはやめて。

「恭介×理樹、いや、リバーシブルがいいですね、きっと」

西園さんもなんだかよくわからないことをつぶやいてるし……。

「やはり宮沢様が女性に興味を示さないのは、直枝さんが原因なのでは……!?」

笹瀬川さん、それはないから！

「さて少年。落ち込んでいる場合じゃないぞ。客は次々とやって来ているのだからな」

「うう……」

ちょっと泣きたくなってきた。

……でも、確かに今はお客も増えてきているから、少しでも人手が必要なんだ。

僕は大きく一度深呼吸をして、これまで生きてきた思い出とか、男としての沽券《こけん》と

か、いろいろな大切だったものをお腹の中に飲み込んで、ゆっくりと立ち上がった。

「わかった。みんな……」

拳を振り上げる。

「締まって、行こ――――――っ！」

こういう時、野球のかけ声なのは僕らがリトルバスターズという証だ。決してヤケっぱちになっているわけじゃない。わけじゃないはずだ。

店の中から「おー！」という声が上がり、店員のそれぞれがフロア、キッチン、オープンテラスに散って行動を再開する。

途中参加だった笹瀬川さんと朱鷺戸さんも、いつの間にかすっかりこの喫茶店にとけ込んでいた。僕も重い足を引きずって動き始める。

ふと、店の隅に立ちつくしている二木さんの姿が目に入った。

……そうだ！

ちょっと思いついたことがあって近づいていくと、二木さんは訝しがるような、戸惑っているような、そんな視線を僕の方に向ける。

「何か用？」

「えっと、もしよかったら二木さんもお店を手伝ってもらえると助かるんだけど……まだ店の給仕係が人手不足だし」

「……は？」

二木さんは目を丸くして、ちょっと呆気に取られたような声を出す。

「なるほど、直枝は私にメイド服を着せたいわけ。変態ね……変態」

「いや、そういうわけじゃないけどっ！」

二木さんから思いっきり冷たい視線を向けられてしまった。……メイド好き疑惑は真人だけで充分だ。

「それに、二木さんもただそこで僕たちを見張ってるだけじゃ、退屈じゃない？」

二木さんは首を横に振ってため息をつく。何を言ってるの、とでも言うように。

「私はどちらかといえば、あなたたちみたいな問題児と敵対する側の人間よ。そんな私がこの店を手伝ったら、みんなはやりにくいでしょう？」

「そうでもないと思うよ。元々は笹瀬川さんとだってケンカしてたし」

でも今の笹瀬川さんは完全にこの喫茶店の一員で、窓からオープンテラスの方を見てみると、そこに並べられたテーブルの間をところ狭しと動き回っている。他のみんなも、そんな笹瀬川さんにまったく違和感を持っていない。

二木さんも笹瀬川さんの姿を見て口をつぐんでしまう。

なんかしら考え込んでいるようだったけど、やがてたっぷりと数秒間待った後、ゆっくりとまた口を開く。

「……でも、やめておくわ。もしかしたら他の風紀委員から連絡があるかもしれないし」

「そっか……」

ちょっと残念だったけど、二木さんには風紀委員長としての仕事があるんだから、無理強いはできない。

「じゃあ、僕は仕事に戻るから」

僕は踵を返して二木さんに背を向ける。

と言っても、今の格好で接客をするのは気が進まないけど。はぁ……ため息が出る。

「直枝」

後ろから、いつもの愛想のない口調が僕を飛び止めた。

「あなたはどうして、そんな格好をしてまで頑張ってるの？」

『そんな格好』って言われてしまった……。まぁ、『そんな格好』なんだけどさ。

「もしかして直枝はそういう趣味なの？」

「違うよっ！」

その勘違いだけは、絶対にさせてはならない！

「だったらどうして？」

二木さんが僕の目を覗き込んでくる。

僕はちょっとだけ考えて、結局自分の思っていることを素直に口にした。

「僕たちは仲間だから」

「仲間って……それだけで？」

戸惑っているような顔の二木さんに、僕は頷く。

「それにやっぱり、居心地がいいんだ——この場所が、みんなと一緒にいるのが」

それが理由だ。

それだけが理由だ。

それ以外の理由なんて……多分ない。


店の中を見回してみる。

普段はおとなしく本を読んでいるイメージしかない西園さんが、今は小毬さんからケーキを受け取ってテーブルに運んでいる。クドもその小さな体で慌ただしく動き回っているし、来ヶ谷さんはフロアを統括している。家庭科部と関わりのない笹瀬川さんも協力してくれている。鈴も一生懸命働いてるみたいだし——多分、恭介が言ってたモンペチのためだろうけど。朱鷺戸さんも——会計だけど——頑張ってる。

ほとんどの人にとって、なんの見返りもないことなのに。

ほとんどの人にとって　何か強制されたわけでもないのに。

それはきっと、この場所が——この仲間が大切だから、居心地がいいからだと思う。

「居心地がいい……場所、ね」

二木さんは何か考え込むように、口をつぐむ。

「うん。じゃあ、無理言ってごめんね」

僕は二木さんに背を向けた。そして新しく入ってきたお客の方に近づき、テーブルに案内する。

「それでは、メニューがお決まりになりましたら――」

「待て、少年」

僕がテーブルを離れようとするのを、後ろから来ヶ谷さんの声が遮る。

「テーブルから離れる時は、こう、一度腰を落として下がるんだ」

来ヶ谷さんがその作法を見せてくれる。

「それ、僕もやるの⁉」

「当たり前だ。少年もメイドである以上、特別視するわけにはいかない」

いや、僕はメイドじゃないんだけど……。

と、その瞬間、僕の後ろを誰かが早足で通っていった。なんだろうと思って振り返ってみると、二木さんだった。

いつも落ち着いている人なのに、今はひどく慌てていた。

「二木さん？」

けれど僕の声が聞こえなかったのか、答えることもなく二木さんは喫茶店から出て行こうとする。

――が、出入り口のところで立ち止まって二木さんは振り返った。

「直枝。今、葉留佳がどこにいるか知ってる？」

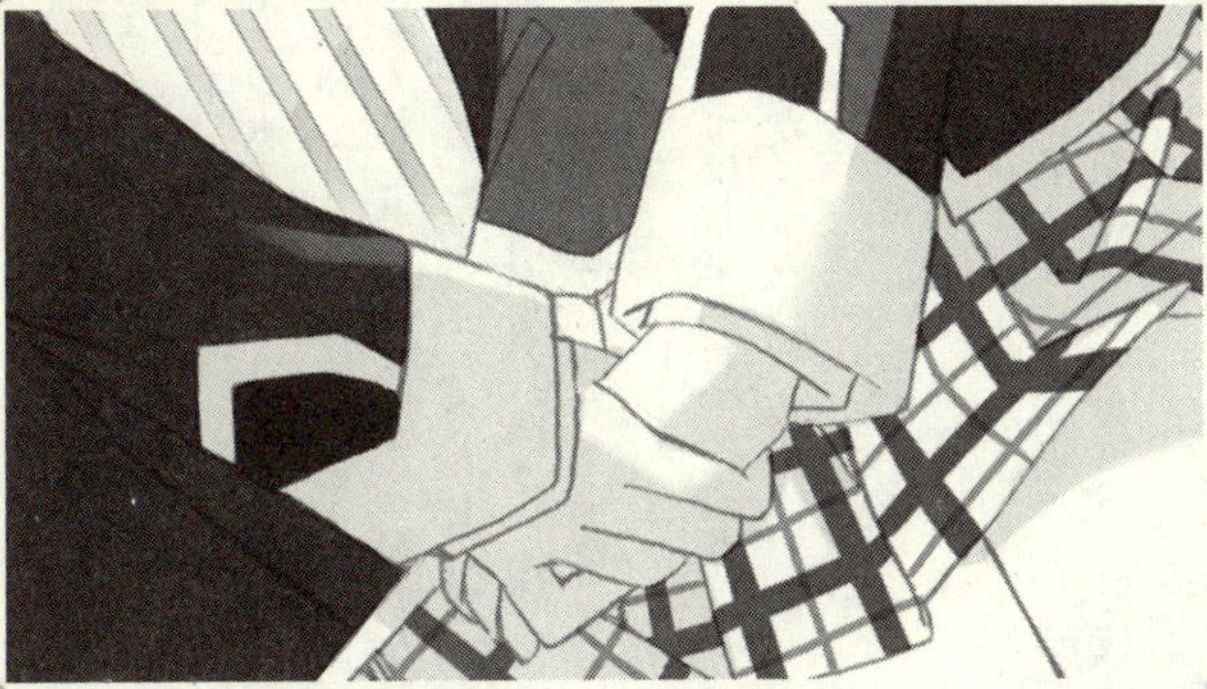

第六章

見える場所と見えない心

彼女は早足に廊下を歩いていた。念のためにもう一度、スカートのポケットに手を入れる。けれど、そこにあるはずのものがなかった。

——携帯電話。

ポケットの中に入れておいた、彼女の携帯電話がなくなっていた。

ソフトボール部がボヤ騒ぎを起こした時、彼女は携帯電話を使って他の風紀委員に連絡を入れた。その後は使っていないから、落としたりしたわけではないはずだ。

そうなると、盗まれたとした思えない。盗んだ相手は——。

廊下の角を曲がる。そこに探していた少女の姿を見つけて、彼女は立ち止まった。そしてその少女も、彼女が来たことに気づいて振り返る。その手には彼女の携帯電話が持たれていた。

「……やっぱり来たね、佳奈多」

その少女——三枝葉留佳は、彼女のことをそう呼んだ。

＊　＊　＊

「じゃあ、真人くん、謙吾くん、チラシ配り、お願いね」

「学校中に配ればいいんだろ、三枝？　だったら屋上から風に乗せてバラ撒《ま》くか」

「真人……お前は天才か⁉　よし、俺もやるぞ！」

理樹がいれば絶対にツッコミが入る場面だが、この場にそんなツッコミ要員はいなかった。葉留佳から宣伝用のチラシを受け取ると、謙吾と真人はそれぞれ別の場所に歩いていった。

三人一ヶ所でチラシを配るよりも、それぞれ別の場所で撒いた方が効率的だ。

ふたりの姿が見えなくなってから、葉留佳は小さく苦笑を浮かべた。

（私って、ほんとにダメな子だからなぁ……）

学祭前の準備中には内装を壊して、ウェイトレスとして働いていても失敗ばかり。それならば、彼女は自分にできることを自分なりにしようと思った。それがこの宣伝活動だ。

だから、この宣伝活動だけはきちんとしよう――そう思って、葉留佳は昨日の夜からチラシを作って、ひとりでコピーして、今それを配っている。

葉留佳はポケットの中にある携帯電話の感触を確かめた。これは、彼女の携帯電話ではない。突然、葉留佳の背後でタン、と走ってきた誰かの立ち止まる音が聞こえた。

振り返ると、半ば予想していた人物がそこにいた。

「やっぱり来たね、佳奈多」

走ってきたせいか、佳奈多の息は上がっている。

「葉留佳……っ」佳奈多は呼吸を整えながら、顔を上げて言う。「あの時ね。私の携帯を盗んだのは」

「うん」葉留佳は頷く。「前に佳奈多に遇った時、私は抱きつくふりをしてポケットから携帯電話を取った」

あの時に抱きついたのは、佳奈多を止めようとしたためではなかった。

数メートルの距離を挟んで対峙する葉留佳と佳奈多――同じ髪飾りを持つ双子。

「どうしてそんなことをしたの?」沈黙を破ったのは姉の方だった。

「調べるためだよ、佳奈多が連絡取ってる相手を」葉留佳はあくまで感情を込めずに言う。「通話履歴を調べれば、分かるからね」そして姉から奪った携帯電話を開いた。「佳奈多、今この場面で明かされるべき真相ってなんだと思う?」

「は?」佳奈多には、葉留佳が何を言っているのかわからない。「何言ってるの?」

「お姉ちゃんが私たちを監視している――いわゆる敵役だってことは、『真相』って銘打つほどのことじゃないよね」葉留佳は携帯を操作し着信履歴と発信履歴を眺める。「だって、風紀委員長が私たちみたいな問題児を目の敵にしてるのは、当然のことだから。だから多分明かされるべき真相は……敵役が誰かじゃなくて、むしろ敵役の共犯が誰かだよ」

その言葉に対し、佳奈多は口をつぐむ。葉留佳の意図が読めなかった。

しかし佳奈多の困惑を無視して、葉留佳は言葉を続ける。

「この二日間でいろいろ問題は起こったよ。ケーキが消えたり、ソフトボール部のレンジが壊れたり。でもその中でひとつだけ、解明されていないことがある。それが、あの一番初めの事件」

葉留佳がカーテンに制服を引っかけて起こった、喫茶店の半壊――それが一番初めの、そして最大の問題だった。

その時に真人が壺と絵画を壊した件はソフト部の一年生三人組の仕業。ケーキが消えたのはドルジ。レンジが爆発したのは純粋な事故。

しかし、葉留佳の一件だけははっきりしていない。

「あれは事故じゃない」葉留佳は佳奈多の携帯から視線を離し、ポケットから安全ピンを取り出した。「これは、あの事故の後にカーテンに引っかかってたものだよ。カーテンと制服が絡まるなんて、普通は有り得ない。この安全ピンで、誰かが引っかけたんだ」

あの時、葉留佳のすぐ近くにいた人物が――。

「お姉ちゃんには協力者が『ふたり』いた」葉留佳は佳奈多に、『着信』履歴の表示されたディスプレイを見せる。「ひとりは朱鷺戸沙耶って人。この人からはいつも定時に着信が入ってる。でも、本命は朱鷺戸さんじゃない。この朱鷺戸って人からはいつも、受動的に連絡されているだけだから」次に葉留佳は『発信』履歴を見せる。「それとは逆に、いつもお姉ちゃんが自分から連絡を取っている相手がいる。受動的に連絡を待つ相手と、自分から連絡を入れる相手——どちらを重視しているかって、多分、後者の方だよね」

そして佳奈多の携帯に、いつも定時の発信履歴が残っている相手は——。

「ええ、そう。かなちゃんに協力してたのは、私」

そう言って廊下の先から姿を現したのは——女子寮長、つまり家庭科部部長だった。

「あーちゃん先輩……」

寮長の姿を見て、佳奈多がつぶやく。葉留佳は姉の携帯電話の通話履歴をあらかじめ確認し、寮長を呼び出しておいたのだ。

「電話で三枝さんに呼び出されて来てみたら、まさかこんな場面に出くわすなんてね」

「……寮長さんは、どうしてこんなことをしたんですか？」

葉留佳の問いに、寮長は気まずそうな笑いを浮かべた。

「協力してくれたら風紀委員の何人かを、家庭科部員として名前を貸して登録してくれるって二木さんに提案されて」

名前だけの幽霊部員でも、登録されてさえいれば部員として認められる。そうなれば、家庭科部は部員不足による廃部を免れる。

制服とカーテンを結びつけ、カーテンと壁紙を結び、連鎖的に照明、食器棚まで壊れるように細工したのは寮長だった。寮長はあの時、葉留佳に一番近い場所にいた。

「でも、テーブルまで壊れちゃったのは、ちょっと予定外だったけど。そのせいで三枝さんが怪我しそうになって――本当にごめんなさい！」

「大丈夫ですよ、実際に怪我なんてしなかったんですから」

「さて、お姉ちゃん。協力してくれたら風紀委員の名前を貸し出す――そんな取引があったことを教師に知れたら、大問題だよね」

佳奈多は顔を伏せ、唇を噛む。

「……望みは何？」そして顔を上げて、葉留佳の顔を正面から見る。「その脅迫材料で、私に何をさせるつもり？」

「何かをしてもらおうなんて思ってないよ」葉留佳は首を横に振る。「ただ、恭介さんがいろんな部活からお金を借りてたってことは、先生や生徒会には黙ってて。それだけで充分だよ」

「それだけ？」

皮肉っぽくに尋ね返す佳奈多に、葉留佳は「うん」と頷く。

「それ以上ワガママを言うほどダメな子じゃないよ、私は」葉留佳は苦笑する。「それ以上のことは、みんなで協力すればきっとなんとかなる。私はみんなを信じてるから」

『信じてるから』――。

葉留佳の仲間に対する信頼が、そのひと言に強く強く込められていた。

あの直枝理樹が言っていた言葉が頭を過《よ》ぎる。

『僕たちは仲間だから。それにやっぱり、居心地がいいんだ――この場所が、みんなと一緒にいるのが』

葉留佳のその気持ちが分かったから。分かってしまったから。

もう、佳奈多は妹の居場所を奪おうとは思えなかった。

「……わかったわよ」

そして堅物と言われる風紀委員長はゆっくりと頷いた。妹の言葉を噛みしめながら、どこか諦めたように息をつく。

「そのチラシ、貸しなさいよ。私も配るのを手伝うわ」

そっぽを向いて佳奈多は手を差し出した。

葉留佳は一瞬だけ戸惑い躊躇《ためら》ったが、そっとその手に自らの手を重ねる。

手を放れたチラシが静かに地に落ちる頃、お互いの手は固く握られていた。

「ありがとう……かなた」

そこには、お互いが久しぶりに見る笑顔があった。

「私も手伝うわよ、三枝さん」

寮長も手を上げる。

そして三人で、葉留佳が作ったチラシを配り始めた。

＊　＊　＊

「人手が足りんっ！」

恭介の叫びが僕の耳に届く。そんな声の裏に、店内ではお客からの「注文、まだ～？」とか、「頼んだもの、来てないぞ」とか、そういう声が聞こえてくる。

「どういうことだ⁉　朱鷺戸を急遽給仕係に投入し、あの鈴でさえ働いているというのに、まだ人手が足りないとは……」

頭を抱える恭介。

「いや、朱鷺戸さんと鈴のは働いているとは……」

僕は店内フロアに目を向ける。葉留佳さんの宣伝活動と、小毬さんの手作りケーキがメニューとして加わったお陰もあって、お客は休む間もなく訪れる。完全に人手不足の状態だった。朱鷺戸さんもさっきから給仕係として店内で働いているんだけど……。

「一度狙いを定めたら、躊躇《ちゅうちょ》することなく撃つ！」

乾いた音が響き、部屋の正面に立つ男子生徒の頭に乗ったリンゴが爆《は》ぜる。

おお！　と室内から歓声が上がる。リンゴを乗せて的役になった男子生徒は、頭から果汁をかぶりながら、緊張が解けて床に膝をついていた。

「これがあたしの実力よ」

朱鷺戸さんは西部劇に出てくるガンマンみたいに銃をくるりと回転させる。

「えっと、朱鷺戸さん。その銃、もし外れたら……」

モデルガンだとしても、危険な気が……。

不安げに問う僕に、朱鷺戸さんは余裕綽々《しゃくしゃく》で答える。

「大丈夫よ、このあたしが狙った獲物を外すはずがないわ。さて、次は連続射撃よ。誰か、的役に挑戦する人はいないかしら？」

朱鷺戸さんが銃を見せつけるように持ってそう言うと、室内から「俺がやるぞ！」「いいや、僕が！」という声が上がり、次々とお客たちが立候補していく。朱鷺戸さんが始めた射撃パフォーマンスは、かなり好評となっていた。でも、そっちのショーにかかりっきりになっていて、朱鷺戸さんはお客の相手を出来ない状態になっている。

そして一方、オープンテラスの方では……。

「よし、お前らのチームワークを見せてやれ！」

ニャ、ニャー！　ぬおっ、ぬおっ！　という無数の鳴き声と共に、鈴を中心に集まっていた猫たちが、一斉に動き始める。ドルジの巨体を猫たちがよじ登り、その上に次々と猫たちが積み重なってピラミッドのような段差ができていく。そしてそのてっぺんに、最後の一匹が逆立ちして乗った。猫による組み体操だ。

猫とは思えない運動能力と連携プレーに、全テーブルから歓声と拍手が上がる。

「くっ、こちらも負けてはいられませんわ！　わたくしたちソフトボール部の友情と信頼のチームワークを見せてさしあげます！」

「はい！」

「佐々美様っ！」

「お任せあれ！」

鈴に対抗して、笹瀬川さんとあの取り巻き三人組を中心としたソフト部員たちも、組み体操を始める。

まずはふたりの人間が地面に直立し、それぞれの肩に手をついてふたり目が逆立ち。そして逆立ちしたふたり目の足の上に、三人目が立つ。五メートルを越える高さとなったタワーは、一番高い所にいる三人目が手を組んで、巨大人間アーチに――なろうとして失敗し、崩壊した。

「あなたたち！　しっかりなさい！」

「だ、ダメです、佐々美様！　私たちは中国の雑技団じゃありません！」

一方、鈴の猫たちはピラミッド状態から次々にジャンプしてエサをキャッチするなど、やはり驚異的な動きを見せていた。

「むむむ……棗鈴！　次は負けませんわ！」

そんな状態だから、ソフト部の人たちもあまりウェイトレススタッフとして機能していない。でも、朱鷺戸さんや鈴や笹瀬川さんがやっていることが、喫茶店のウリになってお客を集めていることは確かだった。

この人員不足をどうしようかと、恭介と一緒に頭を悩ませていると、再びドアベルが鳴り響く。新たな客かと思って、僕は振り返る——。

「やはー、理樹くん！　おお、こいつは繁盛してるみたいですネ！」

「す……すごい量のお客さんね」

葉留佳さんと二木さんだった。どういう経緯があったのかわからないが、ふたりは一緒に戻ってきたらしい。店の状態を見て、葉留佳さんはいつもみたいにおどけた風に驚き、一方で佳奈多さんは本当に驚いているらしく、引きつった笑みを浮かべていた。

「よかった、戻ってきてくれたんだ、葉留佳さん！　それに、二木さんも！」

「あはは、何かな、理樹くん？　私がいなくてそんなに寂しかったの？」

「ああ、寂しかったぞ」

葉留佳さんの言葉に僕より先に答えたのは、来ヶ谷さんだった。

そして来ヶ谷さんは、ふたり分のメイド服を差し出す。

「では、さっそく着替えてもらおうか、ふたりとも」

「……は？」

二木さんが目を丸くした。

「ど、どうして私がこんな格好を……」

葉留佳さんと、来ヶ谷さんによって強制的に着替えさせられた二木さんが、揃って
メイド服姿でフロアに登場する。

「なかなか似合っているぞ、佳奈多君」

メイド姿の佳奈多さんを見て、来ヶ谷さんは満足げだった。

「わ、私はこの店のスタッフではないから、こんな格好をする必要はありません！　こんな服、今すぐ……！」

顔を赤くしてエプロンドレスを脱ごうとする二木さんだったけど、そこで葉留佳さんが二木さんの顔を上目遣いに覗き込む。

「私、お姉ちゃんと一緒に働きたいな……ダメ？」

「う……」

エプロンドレスに手をかけたまま、佳奈多さんの体が硬直する。

「ここでその呼び方するなんて卑怯よ……」

……葉留佳さんと佳奈多さんって、姉妹？　でも、名字が違うし……。

「はぁ……仕方ないわね。わかったわよ、働いてあげるわ。風紀委員としての仕事が入

らない限り、だけどね」

　ふたりの事情は僕にはよくわからないけど、二木さんが一緒に働いてくれるらしい。

「おおおぉぉ！　メイドだ！　二木先輩がメイドだ！」

「委員長、似合ってます！」

　そしていつの間に店内にいたのか、二木さんの周りに風紀委員の腕章を着けた生徒たちが、十人近く集まっていた。

「あ、あなたたち、こんなところで何してるの⁉」

　普段からは想像もできないほど動揺している二木さんに、風紀員の人たちが答える。

「それは……二木先輩が恥ずかしがりながらメイド服で働く姿を見たいからです！」

「ば、バカ、本当のことを言うな！　えっと、風紀委員の仕事が休憩に入ったので、委員長のお手伝いをしようと思って……」

「あなたたち……！」

　佳奈多さんがぷるぷると肩を震わせる。

「ふざけたことしてないで、早く仕事に戻りなさ――」

「ま、まあ、いいじゃない、二木さん」

　今まさに怒りを爆発させようとした佳奈多さんを、僕は慌てて遮った。

「手伝ってもらえるんだったら、その方が僕らも助かるし。キッチンもフロアも人手不足だから」

「直枝、あなたは……」

二木さんは怒り七割、呆れ三割といった顔をして僕の方を見る。その時、後ろからクドの声が響いた。

「み、皆さ～ん、手伝ってください～。そうでないと、もう……」

見てみると、クドがひとりで数十枚も重ねた皿や食器を運んでいた。フロアのあちこちで「注文したものがまだ来てないぞ」とか「お会計お願いしま～す」といった声が響いている。今、室内のフロアで働いている人員は、実質クドと西園さんだけだ。

「わかった、今行く！」

僕はクドに声をかけて、店の全体を見回して気合を入れる。

「じゃあみんな！　残り営業時間、全力投球！」

「おお――――！」

全スタッフから声が上がり、それぞれが自分の仕事位置についていく。

ソフトボール部と、学校からは問題児扱いされている僕たちと、風紀委員の人たちが入り混じって、もはや闇鍋みたいな喫茶店になっている。

でも、これはこれで楽しい。

「……うん、いいかも」

＊　＊　＊

窓を開けて恭介が屋上に入ると、すでに先客がいた。

女子寮長兼家庭科部部長の彼女が、屋上の柵に手をついて校庭を見下ろしていた。

そこでは家庭科部のオープンカフェが開かれ、鈴が猫芸を、佐々美がそれに対抗してソフト部員による芸を披露している。

繁盛しているらしく、ひとつのテーブルの客が帰ると、すぐにまたそのテーブルに別の客が着く。空席のテーブルができることは、わずかな時間すらなかった。

先客の彼女は振り向いて恭介の方を見た。

「……なんだ、棗くんか」

「なんだとはひどいな」

「ふふ、言葉のあやよ。棗くんが来てくれて、私は大喜びよ。すごくうれしいわ〜」

「まぁ、別にどうでもいいけどな」

そんなやりとりをしながら、恭介は彼女の横に立つ。

「……棗くんはきっともう気づいてるわよね？　一番初めに喫茶店が半分壊れたのは、私のせいだってこと」

「まぁな。だってあんた、あの時葉留佳に駆け寄って『ごめんね』って謝ったじゃないか。あんたがやったんじゃないなら、そんな言葉は出ないだろ」

彼女は恭介の言葉を聞いて苦笑する。

「私、あの時『ごめん』なんて言ってたんだ。気づいてなかった」

それは罪悪感から出た無意識の言葉だった。

「でも、本当に悪いことしちゃった……棗くんにも、みんなにも。せっかくみんなが家庭科部のために頑張ってくれてたのに……本当に、ごめん」

寮長はもう一度、深く頭を下げる。

「大丈夫だ。大したことはないさ」

しかし恭介は、どこか晴れやかな微笑と共に、軽い口調で答えた。

「……」

「あいつらは、俺が思っていた以上に強かったからな。失敗も妨害もすべてはね除ける、自慢の仲間だよ。それに、あんたにも何か理由があったんだろ」

「ん………」

彼女は、言おうか言うまいか躊躇うように一瞬口をつぐむが、静かに、ゆっくりと言葉を続ける。

「……家庭科部は、残しておかないといけないと思ったの。私はもうすぐ卒業するけど、あの場所はクドちゃんの居場所だから」

校舎下の喫茶店のオープンテラスから、にぎやかな声が聞こえる。

ケンカをする鈴と佐々美の声。

何かのゲーム大会でも始まったのか、葉留佳が客とジャンケンをしている声。

「わふぅ、大忙しです～」というクドの声とパタパタと走り回る足音。

それらの声と音を聞きながら、彼女は苦笑し、恭介の方を見る。

「でも、もうその必要はないかも。家庭科部がなくなっても、クドちゃんにはリトルバスターズっていう居場所があるわ。古い居場所は、もうなくなってもよかったのよね」

彼女がそう言った後、ふたりの間にわずかな沈黙が落ちる。

やがてその沈黙を破ったのは、恭介だった。

「別にいいだろ、居場所はひとつだけじゃなくて、ふたつあっても。俺たちリトルバスターズも家庭科部も、能美にとっては同じく大切な場所さ。だったら、家庭科部も残った方がいいに決まってる」

言いつつ、恭介は踵を返して彼女に背を向ける。

恭介は彼女の方を振り返ることなく、肩越しに手を振って屋上の出入り口に向かう。

「それじゃ、店の方が忙しそうだから、俺は戻る。あんまりサボってたら、あいつらに文句言われそうだしな。あんたも忙しいだろうけど、最後の打ち上げは来てくれよ。なんたってあの店は——家庭科部の店なんだから」

終章
日常はつづくよ

学園祭の翌々日。

片付けも終わり、すっかり元の和室に戻った家庭科部に、今回の喫茶店で働いてくれた人たちが集まっていた。

集まっているのは恭介、鈴、真人、謙吾、僕、小毬さん、クド、来ヶ谷さん、西園さん、葉留佳さん、二木さん、笹瀬川さん、そして寮長。

全員が、恭介の開いたノートに注目していた。電卓で計算しつつ、恭介はそこに数字を書き込んでいく。

学園祭二日目、大盛況で幕を閉じた僕たちの喫茶店だったけど、初めの赤字額が大きすぎた。果たして、後半で盛り返すことができたのか……その審判が今、下されようとしていた。

そしてついに学園祭全体での収入額と支出額を計算し終わり、恭介の手が止まる。

ノートに書き付けられた数字を見て……僕はその結果を思わず口にしていた。

「やった……これで借金、完済だ」

けれどそんな風に喜んだ後、僕は目の前に二木さんがいることに気づく。

「あ……」

もちろん各部活から借金をしているということは、校則的な面から見れば完全に違反なわけで、二木さんにとっては見逃すことのできない事実のはず……。

けれど、『借金』という言葉は間違いなく聞こえていたはずなのに、二木さんは何も言わなかった。そんな二木さんに葉留佳さんが視線を向け、目があったふたりは互いに苦笑いみたいなものを浮かべる。

……？

どういうことか分からないけど、取りあえず二木さんは見逃してくれた、ということかな？

そして恭介が立ち上がり、改めて宣言する。

「ミッション・コンプリートだ！　借金完済、それどころか大幅な黒字だ！」

その言葉と同時に、僕みたいに大きくため息をつく人、クドみたいに隠すことなく喜ぶ人、鈴みたいに興味のなさそうな素振りをしながらもホッとした顔を見せる人……反応は様々だった。

「棗さん！　言っておきますけど、今回の勝負はわたくしが負けたわけではありませんのよ！」

「でも、お前らの店は途中でなくなっただろ」

「むむむ……でも、途中まではわたくしたちの方が……！」

鈴と笹瀬川さんの間で、バチバチと火花が見えそうだった。

しかし、ふたりはたっぷりと十秒間ほど睨み合った後、先に目をそらしたのは笹瀬川さんだった。

「でも、ソフト部でもあなた方との合同喫茶店は楽しかったと言っているものがおりますし、あの時のことは、少しだけ感謝してさしあげますわ」

笹瀬川さんは「ふん」と鼻を鳴らし、そっぽを向いて言葉を続ける。

「だから、あの時の約束は守ってあげます。もうあなた方にグラウンドから出て行けとは言いませんし、それに……時々でしたら、わたくしたちがあなた方のヘルプに入ってもよろしいですわ」

思わず微笑んでしまう。笹瀬川さんが顔を赤くして鈴にそう言うのが、なんだかおかしかった。

「む、何を笑っておりますの！」

「ううん、なんでもないよ」

笹瀬川さんに睨まれ、僕はかぶりを振って笑みをかみ殺した。

「よ～し。それじゃあ、お祝いしよ～！」

「はい！」

そう言って小毬さんとクドが立ち上がって部屋から出て行き、すぐにまた戻ってくる。小毬さんはケーキが載ったトレイを持っていて、クドは炭酸ジュースのペットボトルとグラスを人数分。

運ばれてきたケーキは来ヶ谷さんが見事な包丁さばきで切り分け、全員に行き渡っていく。

……でも僕は、さっきから何か足りないような気がしていた。

もう一度、家庭科部に集まった全員を見回していく。

恭介、鈴、真人、謙吾、僕、小毬さん、クド、来ヶ谷さん、西園さん、葉留佳さん、二木さん、笹瀬川さん、寮長……。

「そうだ、朱鷺戸さんがいないんだ」

「ああ。あの時、喫茶店で射撃ショーをやってた子だな」

僕の言葉に、来ヶ谷さんが思い出したように言う。

「そういえば、いないな。今日の打ち上げのことは誰か沙耶君には伝えたのか？」

来ヶ谷さんの言葉に、全員が首を横に振る。

そんな中で、二木さんが口を開いた。

「朱鷺戸沙耶って人は、この学園のどのクラスにも所属していないわ。過去数年分の卒業生リストも調べてみたけど、やっぱりそんな名前はなかった」

寮長も、二木さんの言葉に付け加える。

「ちなみに、寮生の中にも朱鷺戸さんって人はいないわよ」

え……？

でも、この学園の制服を着てたんだから、学園の関係者だと思う……どういうことなんだ、これは？

「ま、いないもんはいないんだから仕方ねえだろ。それよりさっさとケーキ食おうぜ」

「……本当に真人は単純でいいよね」

シリアスになりそうな空気が一瞬で吹っ飛んだ。真人はシリアスクラッシャーだ。

「ああん？　そりゃ『その脳みそはどうせ何も考えられない脳みそだから、いっそのこと全部筋肉に変えてしまった方がいいんじゃないですか、そしたら体の構造もこの上なく単純になっていいですよ』とでも言いてえのか」

うわ、そういう解釈をするのか。

「……ああ。まったくもって、オレもその通りだと思うぜ」

しかも肯定した⁉

「さすがオレのマッスルメイトだな、理樹。筋肉のことをよく分かってやがる」

いやいやいやいや、僕は筋肉のことなんてわかってないし！

……でもまぁ。

真人の言うことは一理ある。

朱鷺戸さんがいったいどこのクラスの学生だったのか、そもそも学園関係者だったのかどうか——深く考えても、答えは出ないような気がした。

そして恭介が、僕の肩を軽く叩く。

「一緒に打ち上げできないのは仕方ないが、朱鷺戸にも何か用事があるんだろ」

「うん、そうだね……」

「あんまり気にするなよ。それじゃあ」

恭介がジュースの入ったグラスを持ち上げ——

「ミッションの成功に、乾杯！」

＊　＊　＊

家庭科部の茶室でグラスを打ち合わせる音が響いた時、朱鷺戸沙耶はその茶室を遠目に見ることの出来る中庭にいた。

彼女は携帯電話を使って連絡を取っている。もちろん、佳奈多と連絡を取っていた時のような、ただの携帯電話ではない。盗聴防止のために特殊な改造を施されたスパイ道具のひとつだ。

「……ええ、分かりました。既に飛行機のチケットは取ってあります。明日中には現地に到着できるかと……はい。では、失礼します」

通話相手は、次の任務のクライアントだった。

沙耶は通話を切って携帯をポケットに仕舞い、家庭科部の部室に視線を向ける。

そもそも彼女がこの学園を訪れた理由は、とある任務のためだ。しかし、任務は予想以上に早く終わり、次の仕事まで数日間の余裕ができてしまった。そのため、気まぐれで彼らに関わったのだが……。

「らしくないこと、しちゃったわね」

世界を股にかける上級エージェントである彼女にとって、学生たちのお遊びに付き合うなどということは、本来有り得ないことだ。

しかし、彼女は自らの意思で彼らに関わった。

その結果、今の彼女は何を思っているか。

無駄な時間を過ごしたと後悔しているだろうか？

その時間を使えば別の仕事をこなせたと、惜しんでいるだろうか？

否。

彼女の思いは——。

「……うん、楽しかったわ」

彼らのいる世界、彼らの過ごしている時間、彼らの持つ仲間たち——ほんの少し何かがズレていれば、沙耶もまた彼らの中にいて、それらを共有していたかもしれない。

しかし沙耶は、平和で幸せで不偏を望みたくなってしまうその光景に、背を向けた。

なぜなら彼女は諜報員なのだから。

この学園の学生ではないのだから。

少しだけ冬の冷たさを含んだ風が、吹き抜けていった。

季節は変わっていく。

沙耶は髪を掻き上げ、その風の行く先を見つめた。

「次は——ドバイね」

＊　＊　＊

小毬さんのケーキをみんなで食べている途中、寮長が立ち上がった。

「え〜、ここで発表しま〜す」

なんだなんだ、と全員の視線が寮長に集中する。

「部員不足のため存続を危ぶまれた我が家庭科部ですが〜、なんと！　この度、新たに部員が入りました！」

「え⁉」

真っ先に驚いていたのはクドだった。どうやらクドも知らされていなかったらしい。

「本当ですか⁉」

「もっちろん、本当よ。学園祭のうちの喫茶店を見て、あの楽しそうな雰囲気が好きになったって一年生が三人ほど、ぜひ入部したいって。というわけで、これからは能美さんは先輩になるので、家庭科部の看板を背負って頑張ってね」

「はい、任せてください！」

勢い込んで応えるクドだけど、背格好からして一年生より年下に見える。どうにも『クド先輩』という図が想像できない。

「そうそう。その一年生の子たち、喫茶店の内装はいろいろ凝ってたけど、一番よかったのはパッチワークで作ったテーブルクロスだったって言ってたわよ。手作りの温かみがよかったのかしらね」

「あ……」

クドは照れたような笑みを浮かべて、うつむいてしまう。

そのテーブルクロスは、クドが作ったものだった。

「棗くん」

寮長は恭介に目を向ける。

「ありがとう。トラブルはたくさんあったみたいだけど、家庭科部が廃部にならなかったのは、あなたが喫茶店を代理で盛り上げてくれたから――」

「それは違うな」

恭介はあっさりと寮長の言葉を遮った。

「今回の一番の功労者は、こいつだよ」

そう言って恭介は……僕の肩に手を置いた。

「……僕？　なんで？」

「そりゃお前、今回の喫茶店の絶望的な状況がひっくり返ったのは――」

恭介は、笹瀬川さんと二木さんに目を向ける。ふたりとも「何ですの？」「何？」と怪訝そうな顔をした。それに恭介は何も答えず、僕に視線を戻す。

「ソフト部や風紀委員と協力できたからだ。そしてそれを可能にしたのはお前だろ？　これからのリトルバスターズは、理樹に任せてよさそうだな」

あ……。

そうか……恭介が唐突に僕を店長に指名した理由が、今、わかった。

「でもさ、恭介のことだから、最後には全部丸く収まるって予想はついてたんでしょ？」

僕は照れくささをごまかすために、軽い口調でそう言った。けれど恭介は、引きつった笑みで返す。

「いや、今回はオレもヤバイと思った。ぶっちゃけ、学祭二日目では諦めてたからな」

恭介は遠い目をしてあらぬ方向を見つめる。

え？　まさか、本気？

ちょっと背筋が寒くなった……。

「ま、まぁとにかく！」

恭介は気を取り直すように声をあげる。

「家庭科部に新しい部員が入った。借金は返せた。それどころか、むしろ収入はプラス！　終わりよければすべてよし、だ！」

結果論だけど、それでいいのかなぁ……？

「そうだ恭介！　その収入のプラスというのは、どれくらいなんだ？　念願のバスタ一ズジャンパーとユニフォームは作れるのか⁉」

勢い込んで尋ねる謙吾。それに対し、恭介はニヤリと笑みを浮かべて答える。

「ふ、謙吾。安心しろ。充分に作れ――」

「あ、忘れてた」

恭介の言葉を遮って、葉留佳さんが何か思い出してように声を上げた。そしてポケットから茶封筒を取り出し、恭介に手渡す。

「なんだ、これは？」

「わかんないっス。家庭科部に届いたみたいだけど、宛名は恭介くんになってますし」

恭介は眉間にしわを寄せながら封筒の口を開け、中を確かめる。

入っていたのは二枚の紙――それを見た恭介の顔が凍りつく。

「な、なんじゃこりゃあああああ！」

い、いったい何が書いてあるんだ？　殉職するくらいショックなことだったのか⁉

恭介は膝からくずおれそうになった体をぎりぎりの気力で支え、来ヶ谷さんの方を向くとその二枚の紙を突きつけた。

「く、来ヶ谷……これはいったいどういうことだ……？」

二枚の紙は、納品書と請求書だった。

納品物の内容は、『メイド服（カチューシャ付き）￥二四五五〇　数量一〇』と『特注ウィッグ￥五〇四〇　数量一』。

合計請求金額は、二十五万円以上⁉

「ああ、それか」

来ヶ谷さんは悪夢のような二枚の紙を一瞥し、いつもとまったく変わらない口調と態度で言ってのけた。

「みんな、あまりによく似合っていたから返すのが惜しくなってな。それで、そのまま買い取ってしまったんだ」

いや、来ヶ谷さん！　惜しくなったって、全部で二十五万円……！　でも来ヶ谷さ

んは悪いことしたとは思ってないみたいに平然としてるし、ああ、もう、なんて言えばいいんだ⁉

「姉御ったら、もう……そんな大金、どうするんスか！」

葉留佳さんが来ヶ谷さんを叱る立場になるなんて珍しい……て、そんなことに感心してる場合じゃない。

その瞬間、家庭科部の襖が開いた。

「棗君。家庭科部名義で、請求書が来てるんだが……」

襖を開けたのは、三年生の――確か男子寮の寮長だ。

それにしても、また請求書……？

恭介は襖の方に行って、寮長から請求書を受け取る。寮長は用事が済むとすぐに部屋から出て行ってしまった。

その請求書を見た恭介の顔が引きつる。そしてゆっくりとぎこちない動きで、また僕たちのところに戻ってきて――。

「いくら似合ってるからって、十着全部買うことないじゃないですか。予算のことを考えて……」

「……三枚」

恭介は、相変わらず来ヶ谷さんを叱っている葉留佳さんの肩に手を置いた。

「？　なんですか、恭介さん？」

「お前も……予算のことを、考えてくれ……」

恭介の手に持っている請求書には、『コピーカード使用料　カラーコピー￥八〇　数量一〇〇〇　請求金額￥八〇〇〇〇』と書かれている。

間違いなく、葉留佳さんがチラシ用に使ったお金だった。

来ヶ谷さんのメイド服買取料と合わせて、合計三十三万円。

「きょ、恭介、あの……現時点での収支の合計は赤字……かな？」

「ふっ、理樹。わかってることを尋ねるもんじゃないぜ……」

そして恭介は、顔を引きつらせながらその事実を口にした。

「十万円以上の赤字だ……！」

ど、どうするのさっ⁉

「おいおい、そりゃヤバイんじゃねえか……」

「何考えてるんだ、くるがやもはるかも！」

真人は顔を引きつらせ、鈴は毛を逆立てるようにして怒っている。

「ああ、夢のバスターズユニフォームが遠のいていく……」

「ふわぁ、これは大変ですね」

がっくりと膝をつく謙吾。対照的に、小毬さんはいつもどおりあんまり緊張感がない。

「これは、また大変なことになったわねぇ……」

慌てるクドと、引きつった笑みを浮かべる寮長さん。

「な、何を考えてるんですの、あなた方は！」

「葉留佳……あんたって子はもう……」

笹瀬川さんと二木さんは、呆れながら怒っていた。

「あはは……ごめんなさい」

「はっはっは。まぁ、こういうこともあるさ」

葉留佳さんは乾いた笑みを浮かべて謝り、来ヶ谷さんは豪放磊落《ごうほうらいらく》というのが相応しい笑い方をしていた。

「恭介……」

僕はすがるような目を恭介に向ける。

しかし万策尽きたのか、恭介は目をつぶったまま何も答えてくれなかった。

「絶望の淵にあるおふたりに、耳寄りな情報があります」

代わりに声を発したのは、西園さんだった。

「今、生徒たちの間でひとりの少女のことが話題沸騰となっています。その少女は——

学園祭二日目、家庭科部の喫茶店に突如として現れ、喫茶店の終了と同時に陽炎《かげろう》のように消えてしまった、亜麻色のロングヘアーが特徴的なメイド……」

亜麻色のロングヘアー？

二日目だけ現れたメイド？

……それって、もしかして……。

「ああ、その噂なら私も聞いているぞ」

西園さんの言葉に応えるように、来ヶ谷さんが言葉を継ぐ。

「学園祭が終わってもその姿を忘れられず、彼女の情報を血眼になって集めている男子も多いらしい。ファンクラブまで結成されそうな勢いだとか」

——えええっ⁉

そして西園さんと来ヶ谷さんは同時に恭介の方を見た。まるで続く言葉を、恭介に託すと言わんばかりに。

恭介はその視線を受け、僕の両肩を強く掴んだ。

真っ正面から真剣な瞳が僕を射抜く。

「よし、今この瞬間から、直枝理樹をリトルバスターズ新リーダーに任命する。その初仕事は、メイド姿でブロマイドのモデルとなること……それを販売し、赤字を補填《ほてん》する。この借金を返せるか否か、俺たちの明日はお前次第だ！」

「そ、そんな無茶なっ⁉」

しかもここでいきなり新リーダーって！　もしかして恭介、責任から逃げる気なんじゃあ……⁉

「大丈夫です、直枝さん。一枚五百円とすれば、二百枚売れば十万円です。この学園の全男子の数を考えれば、不可能ではありません」

「ふむ、美魚君の言うとおりだ。たった二百人から、女の子として愛でられればいいだけだ。大したことではない」

「く、来ヶ谷さんまで⁉　そんなのできるわけないって！」

しかし来ヶ谷さんはめちゃくちゃ本気の目をしてイスから立ち上がり、僕の方に近づいてくる。

「問答無用……みんな、理樹少年の体を押さえてくれ」

「了解した」

「俺の筋肉の出番か」

「承知した」

「わかった、やってやる」

「おっけーですよ～」

「はい」

「はるちんにお任せです」

「葉留佳がそう言うなら」

「わふう！」

「わかりましたわ！」


み、みんなが僕の体にしがみついてくる⁉

「わ、ま、待って、みんな！　こ、こんなことをするくらいなら、リーダーは恭介のままでいいよ〜〜〜っ！」

恭介からリトルバスターズの新リーダーに任命されて――。

僕の受難の日々は、これからが本番なのかもしれない。

おしまい

なごみ文庫をお買い上げいただきありがとうございました。
この本を読んでのご意見ご感想をお待ちしております。

〒101-0024　東京都千代田区神田和泉町1-8-3　長谷川ビル1F
なごみ文庫編集部「僕らの学園祭戦争」係

リトルバスターズ！エクスタシー
僕らの学園祭戦争

2009年4月1日　初版発行

原　作――VisualArt's / Key
著　者――村田治
発行人――河出岩夫
発行所――有限会社ハーヴェスト出版
〒101-0024　東京都千代田区神田和泉町1-8-3
長谷川ビル1F
TEL. 03-3865-7778
FAX. 03-3865-7779
発　売――株式会社星雲社
〒112-0012　東京都文京区大塚3-21-10
TEL. 03-3947-1021
FAX. 03-3947-1617
印　刷――中央精版印刷株式会社

ISBN978-4-434-12904-9